*Il n'y a qu'un remède à l'amour :*
*aimer davantage.*

HENRI DAVID-THOREAU

*Pour Philippe, Tom et Léo, Arthur et Lucas.*
*Je vous aime jusqu'à la lune ET RETOUR.*

# 1
# Chloé

Les Cloclo, Claude et Chloé, Chloé et Claude. Les amoureux de l'an deux mille, les inséparables, le couple parfait. Tu es l'amour de ma vie, mon roc, mon meilleur ami, tu es ma bouillotte le soir, mon oreiller de tendresse le matin. Tu es l'amant attentionné et le père idéal. Tu es mon Clo, mon double, mon âme sœur. Tu es ma lumière.

Tu étais.

Tu es parti.

Je n'ai pas eu le temps de te dire au revoir. L'accident, les flics, l'hôpital. Il était trop tard. Je n'ai pas pu te prendre dans mes bras, te dire une dernière fois à quel point je t'aime, te dire merci pour ces quinze merveilleuses années passées ensemble. Te rassurer et te promettre d'assurer sans toi. Te murmurer des tas de bêtises pour te faire rire, te rappeler que demain Théo a son match de foot si important pour lui, et que Basile a pleuré… Te ramener à la vie par le seul pouvoir de notre amour.

T'embrasser encore juste une fois…

Tu es déjà ailleurs, ton corps est déjà froid, ton âme, échappée vers les étoiles.

L'église est pleine à craquer. Si tu savais, mon amour, le monde qui s'entasse là… Il ne manque personne, pas un pote, pas un collègue, pas un seul membre de la famille. Tes parents, si vieux d'un coup. J'aperçois aussi des visages que je ne connais pas. De là-haut, perché sur ton astre, tu dois être ému de les voir réunis autour de nous trois. Nous, tes amours, ta famille, tes poumons, ton cœur : Basile, l'intrépide joyeux, son sourire enchanteur et sa douce naïveté, Théo, le ténébreux, notre petit sauvage au charme ravageur, et moi… qui ne sais pas me définir sans toi, qui te cherche partout, qui ne veux pas prendre conscience que tu n'es plus là, que tu n'es plus… Tout simplement.

La cérémonie est magnifique. Les larmes coulent, comment faire autrement ? Mais il y a aussi des sourires à l'évocation de vos souvenirs d'enfance avec ta sœur, Maxence, et même quelques rires lorsque Mica, ton meilleur ami, dresse la liste non exhaustive de vos blagues potaches. Quand vient mon tour de prendre la parole, je ne suis pas certaine de tenir le coup. Nos deux garçons se sont resserrés l'un contre l'autre, comme pour dresser un rempart face à l'émotion, tes parents se tiennent la main si fort que de mon pupitre je peux apercevoir les jointures de leurs os blanchir, et Maxence pleure déjà. Je prends une grande inspiration, pour t'offrir une dernière déclaration devant ceux qui t'aiment et te respectent et, la gorge serrée, le chagrin menaçant de me submerger à chaque mot, je peine à lire mon texte, les yeux brouillés de larmes :

*Mon amour,*

*Aujourd'hui je dois te dire au revoir. Ici, devant tout ce monde venu te rendre hommage, je vais devoir, avec Basile et Théo, nos adorables jumeaux... Je vais devoir te laisser partir vers une aventure dont je ne connais pas la destination. Ce qui restera de toi sont des milliers de souvenirs accumulés au cours des quinze dernières années. Des petits bonheurs et de grandes joies, des espoirs minimes et quelques déceptions. Et surtout un amour invincible. Notre amour. Qui n'a jamais failli, qui nous a portés tout ce temps, qui nous a guidés et qui nous a permis de construire notre belle tribu. Je... Je veux te faire une promesse, ici devant la famille, devant nos amis. Je te promets de continuer à vivre même si le désespoir m'arrache le cœur, je te promets d'être la meilleure des mamans pour nos fils, je te promets de ne jamais cesser de t'aimer.*

*Bon voyage mon cœur, je t'aime.*

L'hiver frappe à nos portes et le mois de novembre est déjà bien entamé, mais lorsque nous sortons de l'église et que nous suivons le corbillard jusqu'au cimetière, le temps est magnifique. Le soleil plante ses rayons comme des tournesols pleins de vie pour te dire au revoir. Le silence de l'assemblée et des pierres tombales pèse sur mes épaules. Je tiens le lys blanc dans mes mains. Je n'arrive pas à le lancer. Le lâcher sur ton cercueil, avant que tu disparaisses, enfoui sous terre. Toi qui n'aimais rien tant que vivre au grand air. Je devine l'attention des autres suspendue à ce geste que je ne parviens pas à accomplir...

Une petite main s'accroche à mon manteau. « Maman... »

Je viens de te faire une promesse, mais je n'ai pas la force, je ne peux pas continuer sans toi. Non, je ne veux pas que tu partes, tu ne peux pas me laisser ! On s'était juré ! Pour toujours être ensemble, pour l'éternité s'aimer et se soutenir.

Une autre main, minuscule, douce et froide, prend la mienne, celle qui tient le lys. Elle me serre les doigts, si fort pour un si petit homme de neuf ans.

Je sens le regard de nos jumeaux posé sur moi et, sans les voir, leurs larmes couler. Je perçois à leur contact le gouffre qui s'est ouvert sous leurs pieds ce soir-là. Eux aussi ont perdu leur pilier. Leur papa. Les câlins du matin pour les réveiller en douceur, les matchs de foot du samedi, l'histoire du soir, calés sur ton épaule. Les parties de chatouilles, et les courses effrénées dans le couloir pour être le premier à la salle de bains au moment du coucher.

C'est une décharge électrique qu'ils me transmettent. Je ne suis pas la seule à t'avoir perdu. Je ne suis pas seule à devoir me résigner à ton absence. Nos garçons vont apprendre à grandir sans toi, à souffrir de ton absence à chaque instant et pourtant continuer à vivre.

Basile et Théo, nos enfants, nos amours, qui ont chamboulé, tels deux petits lutins, notre vie amoureuse pour la transformer en une si douce vie de famille.

Ils deviendront des hommes sans le plus bel exemple. Sans toi.

Alors je lance le lys.

Alors, je te laisse partir. Fulgurante déchirure de mon cœur, mon âme veut sombrer et disparaître avec toi et quand la fleur touche cette boîte qu'on appelle un cercueil, dans lequel tu as embarqué avec toi le soleil et les éclats de rire, les projets et les espoirs d'une vie future, l'insouciance et l'enfance de nos fils, ta promesse de ne jamais me quitter, la musique commence.

*Ave Maria.* Solennel, si propice aux pleurs et à la peine. La terre commence à recouvrir ton cercueil et Basile, Théo et moi recevons les condoléances. Un défilé de belles paroles et de regards contrits. Le deuil s'associe à un peu de pitié et beaucoup de gêne.

—On est là…

Oui, je sais, mais j'aurais préféré que lui soit encore là.

—N'hésite pas…

À pleurer, et me lamenter sur mon sort jusqu'à ce que je devienne pathétique.

—Il était un formidable manager, il va nous manquer…

Parce qu'à moi, tu crois qu'il ne manque pas déjà, abruti ?

Partez les gens, partez s'il vous plaît ! Laissez-moi prendre mes enfants dans les bras, laissez-nous pleurer, laissez-nous avec notre vide, on va s'empoigner très fort tous les trois, on va se fondre en un seul corps parce que c'est le seul moyen d'affronter la vérité et l'absence.

Dans le jardin de notre jolie maison de banlieue, choisie avec tout l'amour de futurs parents et l'espoir d'une vie sans souffrance, dans ce jardin que tu entretenais vaille que vaille, la pelouse tondue à la sueur de ton front, les fleurs plantées sur un coup de tête, mais que je ne pensais jamais à arroser et qui n'ont jamais poussé faute d'amour et d'entretien, dans ce jardin au milieu duquel s'élèvent un poirier mourant, tel le roi d'une forêt décimée, et le but de foot des enfants, le monde a envahi ton gazon fatigué.

Tous ces gens, proches et inconnus venus te dire un dernier au revoir et boire à ta santé éteinte par un connard de chauffard. Eux aussi ont de la peine, je le sais. Je les regarde, je les introspecte.

Ton boss, ton mentor, qui murmure à l'oreille de ton père, toujours assis droit sur sa chaise.

Ce dernier qui garde la tête haute, mais a le cœur brisé en mille morceaux.

Ta mère, vide de sensations, absente par l'esprit. Une mère ne devrait jamais voir ses enfants partir avant elle.

Ta sœur Maxence, tornade inépuisable. Un plateau à la main, un geste pour chacun. Un œil sur les enfants et l'autre sur l'alcoolémie de son mari.

Tes potes. Ils rient et je voudrais rire avec eux, parce que je sais, que derrière se cache toute la souffrance de ton absence. Ils te célèbrent comme vous avez vécu ensemble, un verre à la main et une bonne blague à la gueule. Mica se tourne vers moi, il lève son verre. Je lui souris et je lève le mien en retour.

Sara, ma meilleure amie et notre voisine, se tient à mes côtés. En silence, elle m'envoie sa force et sa détermination.

Une chanson vient percuter mon brouillard. Notre chanson. Notre vie, nous l'avons écrite avec ces mélodies. L'amour sur Aznavour, la danse sur Beyoncé, la paresse sur Jack...

*But there is not enough time,*
*And there is no, no song I could sing*
*And there is no, combination of words I could say*
*But I will still tell you one thing*
*We're better together*[1].

Tu serais près de moi, une coupe à la main, prêt à improviser un barbecue pour régaler l'assemblée. Tu entraînerais Mica et les autres dans un match de foot endiablé avec tes fils, tu poserais sur les genoux de ta mère ce plaid qu'elle aime tant, tu resservirais ce vin léger qui fait le bonheur de ton père et tu glisserais dans mon cou un baiser alcoolisé empli de promesses sexy. Mais personne ne m'attendra ce soir dans ce lit devenu beaucoup trop grand et trop froid, le vin n'a pas le goût du bonheur, mais celui d'un trop-plein d'absence, et il n'y aura pas de barbecue, pas d'improvisation joyeuse autour de l'amitié, juste notre malheur qui s'ancre avec

1 *Better together* de Jack Johnson.

brutalité. Oui, c'était vraiment mieux quand on était ensemble.

Je m'éclipse dans le salon chercher le châle, et me dirige vers ta mère. Je dépose le linge en laine sur ses épaules. Elle m'attrape la main. Dans ce simple geste, tout son amour, toute sa désolation, et toute l'envie de pouvoir me soulager un peu, juste un peu. Nous n'avons pas besoin de nous parler. Je reste quelques instants à tenir cette main qui t'a bercé, choyé et aimé avec tant de force que tu as su me transmettre à moi, l'« orpheline » cette croyance qu'être à deux c'est être UN.

Un bruit attire mon attention vers l'extérieur. Basile et Théo courent. Ils jouent et reprennent leurs droits d'enfants. Vivre malgré la douleur parce que ce soir ils pleureront encore. Regarde-les, mon amour… Ils sont magnifiques. Un cache-cache improvisé. Ils font de cet adieu un jeu. Peut-être es-tu caché derrière un arbre ?

## 2

# Renée

Je m'éclipse. Vite. Ne pas retenir son regard, ne pas attirer son attention. À la sortie de l'église, alors que le char funèbre avale le cercueil, mon cœur se serre, happé lui aussi par l'absence que la cérémonie inaugure. La vie est si injuste, si cruelle. Elle ne fait que reprendre le peu qu'elle a daigné offrir.

Il m'avait raconté sa famille, sa femme, cet amour qu'il pensait au-delà de tout. Il m'avait tout dit dans le moindre détail de ce jour où ils avaient découvert sur l'écran les deux petits haricots qui poussaient dans son ventre à elle. Mais il avait accepté aussi la trahison et le mensonge. J'ai la bile au bord des lèvres, la colère et l'impuissance d'un destin qui m'échappe en permanence.

Elle a lancé ce lys qui semblait lui brûler les mains, et nous avons pu, chacun notre tour, nous pencher vers le trou béant dans lequel Claude a été déposé. Cela semble irréel, impossible, qu'une vie entière soit réduite à cette boîte que l'on va enfermer sous terre. Les fleurs et la terre résonnent comme autant de coups portés à l'âme. Il ne reste rien. Plus rien. De son vivant. Il ne subsiste que des souvenirs et des secrets. Dont je suis détentrice.

Je ne pouvais pas ne pas venir, ne pas affronter la réalité. Sa fin.

Je m'avance vers la béance d'un vide que personne ne soupçonne : une absence qu'il me sera si difficile d'affronter et de compenser. Je n'ai pas le droit d'être ici, pas le droit d'exister aux yeux de ce monde qui n'est pas le mien et pourtant, dans ma main, une poignée de terre et un mouchoir dans lequel se love une autre vie, un autre amour, un autre chagrin.

Personne ne voit le tissu et l'or qui s'en échappe. Je soupire et je profite de ce qu'elle est accaparée par la file de condoléances, autant de mots inutiles, pour m'échapper.

L'habitacle du taxi qui m'emmène gare de Lyon me rassure. Je suis maintenant à l'abri. Je redeviens l'invisible. Celle qui n'existe pas, qui, d'ailleurs, n'a jamais existé. Je rallume mon téléphone. Je sais qu'il faut que j'envoie ce SMS, même s'il va briser un autre cœur.

> Je repars. La cérémonie était magnifique. J'ai bien pensé à lui laisser ta gourmette. À tout à l'heure, love U.

Très vite, nous sommes pris dans les embouteillages parisiens, pas vraiment différents de ceux de Lyon et par habitude plus que par envie, j'ouvre mon ordinateur portable, qui ne me quitte jamais, pour consulter mes mails et gérer les urgences que j'ai dû laisser de côté pour venir aujourd'hui.

# 3
# Chloé

Avant de partir, ils m'ont de nouveau étreinte dans leurs bras en me répétant : « on est là si tu as besoin » et ils y croyaient tous, j'en suis certaine. Jusqu'à demain, jusqu'à ce que leur vie reprenne son cours normal, que leur peine, différente de la mienne, s'efface un peu, puis totalement. Ils ne pourront pas être là parce qu'ils ont rendez-vous chez le médecin, parce qu'ils croulent sous le boulot, parce que le chien a une tique, parce que c'est comme ça, on veut y croire, mais on oublie vite sa promesse. Quand le dernier pote a fermé la porte derrière lui, que tes parents se sont éclipsés silencieusement dans la chambre d'amis, je m'écroule sur le canapé à côté des jumeaux endormis, épuisés par cette épreuve que rien n'effacera, et je constate que ta sœur, toujours aussi efficace, a tout rangé…

Et puis le silence s'impose et ton absence revient, plus cruelle encore. Mon cœur est si comprimé de douleur que je ne sais plus comment respirer, les larmes se mettent à couler, en silence, un flot, chaud, salé, qui bouillonne sur mes joues. Je sens les tremblements envahir chaque partie de mon corps.

Il ne me reste plus qu'à accepter l'inacceptable : ta mort.

Doucement, je réveille les garçons, pour qu'ils montent se mettre au lit. Blottis l'un contre l'autre. Ils veulent dormir avec moi cette nuit. Basile murmure un « Papa ? ».

Collés à moi, leurs souffles endormis se font réguliers et je revis, comme chaque nuit depuis ton départ, la soirée d'horreur qui t'a arraché à nous. On ne peut jamais se préparer au décès soudain d'un être cher. Jamais. Et quand c'est un homme aimé, attendu, un père de famille chéri, un ami apprécié, le choc est… si violent ! La colère, la peur, le déni, toutes ces émotions qui régissent les étapes d'un deuil se percutent d'un seul bloc dans mon cœur. J'ai déjà vécu la disparition d'un être indispensable, ma mère, il y a si longtemps maintenant : je sais que le temps fait bien les choses et que, petit à petit, il va effacer l'hémorragie, recouvrir la plaie, cicatriser la blessure. Au fil des jours, des semaines, des mois et des années. Mais ce soir, il n'y a pas ce temps passé, pas d'éponge magique pour effacer, il n'y a que la cruauté de la réalité. Je laisse aller mon chagrin et me remémore, encore une fois.

Nous t'attendions, comme tous les soirs. La table était dressée, le hachis Parmentier de canard embaumait la cuisine. Il pleuvait, et j'avais allumé un feu dans la cheminée pour réchauffer l'atmosphère. Les garçons construisaient une ville avec des Lego, au milieu du salon. Je venais de raccrocher le téléphone avec Sara. Nous parlions des vacances de février, où aller skier cette année. Je n'avais pas vraiment vu l'heure. Comme tous les soirs en partant de ton bureau, tu m'avais envoyé le SMS de rituel :

Je pars. <3

Et puis, j'ai trouvé le temps un peu long.

Je t'ai appelé, messagerie.

J'ai commencé à m'inquiéter.

Les garçons avaient faim, je les ai fait dîner.

—Où est Papa ?

—Il arrive mon cœur, il doit être coincé dans les embouteillages.

Je les ai mis au lit. Je ne parvenais toujours pas à te joindre.

De l'inquiétude, je suis passée à la panique.

Et puis on a sonné. Je savais. Je n'avais pas besoin d'ouvrir la porte. Il t'était arrivé quelque chose. Je le ressentais au plus profond de moi.

—Bonsoir madame. Vous êtes bien Mme Cauzec ?

Ils étaient deux. Un grand brun au regard doux, qui se balançait d'un pied sur l'autre, et le second, plus âgé, avec une barbe blanche de Père Noël qui lui recouvrait le visage. C'est lui qui me parla d'une voix calme, profonde, chaude :

—Madame, votre mari a eu un accident. Il est dans un état très critique. Son pronostic vital est engagé.

À partir de cet instant, c'est le flou. Comme dans un film. Les deux flics qui m'aident à m'asseoir, la main qui tremble et qui compose le numéro de Sara, ma meilleure amie, notre voisine, la seule à qui je pouvais, en cas d'urgence, confier nos enfants. Je pars avec la police à l'hôpital. Et j'arrive trop tard. Tu n'es déjà plus là.

Mon cerveau tourne en boucle sur ton dernier souffle : tu devais être terrifié, triste d'être seul. N'as-tu pas trop souffert ? As-tu eu le temps de comprendre ? M'as-tu appelée ? As-tu voulu nous attendre ? Interrogations sordides auxquelles je n'aurai jamais de réponse.

Je ne suis pas vraiment avec ceux qui m'entourent à l'hôpital, je suis déjà seule avec l'incohérence de ton accident et le refus du deuil à venir. On me parle, on me raconte l'accident, on me dit de porter plainte, j'entends le mot « autopsie », j'entends le cœur qui lâche. Le mien vient d'être pulvérisé. Les pensées s'entrechoquent, les enfants, toi qui me souris… Je vais te voir, tu gis sur une table, recouvert d'un drap. Mon amour, mon tendre chéri, défiguré, transparent, blanc, le corps inerte et froid. Je dois laisser pénétrer dans mon cerveau l'idée que cette dépouille, ce visage abîmé, ces mains sans chaleur sont les seules choses palpables et concrètes qui me restent de toi.

Ce n'est pas toi. Ce n'est plus toi. La folie se penche avec moi sur l'amour que je te porte. Elle me chuchote doucement de lui prendre la main et de sombrer avec elle. J'aimerais tant. Cela serait si facile, il suffirait de ne pas écouter les mots qui volent autour de moi, de ne pas reprendre pied dans la réalité de cette salle froide où ton corps n'est qu'une enveloppe vide, il me suffirait de glisser et je serais folle de chagrin. Mais un autre amour me retient, celui de Basile et Théo. Je sais déjà, alors même que je ne comprends pas encore que tu es mort, que ce sont eux qui me retiennent au monde et à l'envie de vivre.

Un connard a tout simplement grillé une priorité à droite parce qu'il envoyait un SMS à sa femme. Il est aussi dans le coma. Je pourrais le tuer de mes mains, tant la haine est forte. Mais cette dernière ne suffit pas. Il faut plus de souffrance pour venger ton absence. Qu'il vive. Qu'il vive avec sa faute, sa culpabilité, avec le poids de son crime ! Je ne veux pas pardonner. Il est trop tôt, c'est trop dur.

Rentrer à la maison. Sara qui m'attend. Aller voir les enfants. Me demander si je dois les réveiller. La nuit est déjà presque terminée. Je pose un baiser sur la joue de Théo, une main sur l'épaule de Basile. Leurs petits corps sont chauds de sommeil, contraste violent avec le tien qui repose dans une morgue gelée. Les sons sortent à peine de ma gorge nouée, le ton est grave comme cet instant où je vais fracasser l'enfance de mes enfants :

—Les garçons, je… je dois vous parler…

Théo est toujours le premier à se lever le matin, son instinct le pousse à poser la question :

—Il est où Papa ?

—Papa… Papa a eu un accident hier soir. C'est pour ça qu'il était en retard.

Les tremblements de mon corps trahissent le mal que j'ai à formuler des phrases entières, mais Basile, encore emmitouflé dans sa couette et dans ses rêves, ne semble pas réaliser ce que je dis :

—Ah ! C'est grave ?

Théo est descendu de son lit superposé, il me regarde fixement :

—Il est à l'hôpital ?

—Il rentre quand ?

Compter jusqu'à trois et se jeter dans le vide :

—Il… Il ne va pas rentrer. Mes chéris, on… Papa… Papa est…

Je n'arrive pas à leur dire. Comment annoncer à des enfants que leur modèle, leur idole n'est plus, ne sera plus jamais là ? Je les serre très fort dans mes bras. Mes larmes coulent comme une cascade, Basile se dégage.

—Maman ! Il est où Papa ?!

C'est Théo qui comprend. C'est Théo qui verbalise.

—Il est mort ? Maman ! Papa est mort ?

—Oui…

Le mot FIN est écrit. Leurs mots ont apposé un tampon sur ta vie. C'est fini. Tu n'es plus. Il n'y a plus d'espoir. Et depuis cette seconde où tes fils ont prononcé la sentence, nous te pleurons, nous appréhendons chaque minute de cette nouvelle vie sans toi en nous demandant comment faire.

# 4

# Maxence

Est-il possible d'aimer aussi fort quelqu'un et de le détester tout autant ?

Il fait encore nuit lorsque mon portable se met à vibrer avec violence sur ma table de nuit. Je me retourne, enfonçant ma tête sous l'oreiller, espérant ainsi faire taire l'intrus qui ose appeler à cette heure indue. Mais les vibrations reprennent de plus belle. Avec une insistance agaçante, impolie, insolente. À mes côtés, mon mari grogne :

—Tu vas répondre ?

J'ai répondu. J'ai regretté.

« Claude est mort » : trois petits mots qui vont à tout jamais changer le sens de nos existences. Je suis assise dans mon lit. En état de choc. Claude, mon petit frère, est mort. Les mots retentissent et se répercutent dans ma tête comme une ritournelle idiote. À la répéter, je me croirais dans une farce de Molière : « Claude est mort », « Le petit chat est mort »... Sauf qu'il ne s'agit ni d'un animal de compagnie, ni d'une pièce de théâtre, il ne s'agit pas non plus d'une mauvaise plaisanterie.

Il s'agit d'un être vivant qui ne l'est plus, d'un homme, père de famille, mari, fils et, accessoirement, mon frère.

Je m'autorise ces quelques minutes où mon esprit refuse l'information, précieux temps où j'ai le droit d'être malheureuse, où je ne vais pas être dans l'action, où je ne suis que Maxence, une sœur orpheline, et non pas la belle-sœur qui parle trop, la fille qui s'occupe de tout, la tante qui a les yeux sévères quand on se tient mal à table, la bonne femme insupportable qui ne s'assied qu'une fois que tout est lavé, propre et rangé. Non, là, entre la nuit et l'aube, le soleil encore endormi, je ne suis que Maxence et mon frère vient de mourir.

Je me lève.

—Claude est mort.

Mon mari se redresse dans notre lit. Parfois, je me dis qu'il doit détester être marié à une femme aussi peu sentimentale. Je ne sais pas arrondir les angles, je ne sais pas dire les choses pour faire plaisir, je suis brute, directe. Je n'ai pas de temps à perdre pour les fioritures et les gentillesses. Mais comme chaque fois, parce que, malgré tous mes défauts, il m'aime telle que je suis, imparfaite et maladroite, il se lève d'un bond et avant même que j'aie le temps de réagir, je suis dans ses bras :

—Attends. Viens là.

Son geste est tendre. Et les larmes jaillissent sans que je puisse réagir. Je pleure. De tout mon soûl, de toute ma peine, mais aussi de toute ma colère. Le temps de ce chagrin que j'exprime abruptement, sans détour, la morve au nez et les sanglots dégueulants, je me vide. Car dans quelques minutes, ce deuil ne sera plus le mien, il ne m'appartiendra plus, je vais devoir le déposer aux pieds de mes parents, briser leurs cœurs, mettre un terme à leur joie de vivre : leur fils est mort.

J'adorais Claude. Non, en réalité, je le détestais tout autant que je l'admirais. Les mots de Chloé résonnent : « Claude est mort. » Et le son de sa voix pénètre mon âme : une voix tendre et rauque, douce et brutale, une voix qui cache sa propre vérité. Le monde croit ma belle-sœur fragile alors qu'elle est de roc, indestructible. Le monde s'émeut de son sourire et du moindre clin d'œil, alors qu'elle ne cède jamais et qu'elle obtient toujours ce qu'elle veut. Évidemment, je suis jalouse ! Ces deux-là ont construit du rêve, et leur amour était si fort que je suis persuadée que même la mort ne pourra pas le détruire.

Les larmes se tarissent, la peine devient recevable, et je sais que je peux à mon tour présenter le fardeau à mes parents. Mon mari veut m'accompagner, mais c'est bientôt l'heure de réveiller les enfants. Il faut préparer le petit-déjeuner, les emmener à l'école. Je donne mes instructions, enfile un jean, et un gros pull et pars sous la grisaille de novembre.

Le chemin est vite parcouru. Quelques rues, trois voisins que je salue sans m'attarder, et me voilà déjà devant chez eux. Je prends une grande inspiration. Je sonne. Je réalise mon erreur. J'ai les clés et, en général, je frappe deux petits coups avant de pénétrer dans la maison avec un grand « C'est moi ! » Derrière la porte, j'entends le pied de Papa qui traîne : « Oui ? » Il est tôt et mon père n'aime pas être dérangé avant d'avoir bu son thé et lu son journal. Il ouvre la porte d'un air suspicieux.

—Ah, mais tu n'as pas tes clés ?

—Bonjour Papa.

J'entre. Je referme. J'avale péniblement ma salive et je m'avance, sans un mot, vers la salle à manger. Tout est vieux ici. Même l'odeur. Qui attaque mes narines avec plus de violence que d'habitude. J'ai un haut-le-cœur. Je ferme les yeux, le temps de me donner le courage. Assise à sa table recouverte d'une antique nappe bleu ciel, avec en son centre un dessous-de-plat en argent noirci par le temps, ma mère croque dans une tartine trop grillée.

—Regarde qui est là de si bon matin ! lui lance mon père en revenant s'asseoir à sa place et en reprenant le cours de sa vie comme si de rien n'était et que je n'étais là que pour le plaisir.

Ni l'un ni l'autre n'ont jamais remis en question ma présence, ma fidélité. Je suis là. C'est immuable. Et j'ai joué le jeu. Je voulais tant être la fille parfaite, la fille sur qui on peut compter, la fille qui agit et réagit, qui fait, refait, n'a pas peur d'être fatiguée, grondée, parfois même rabaissée : « Ton frère et Chloé n'auraient pas fait ça, eux. » Il y a longtemps que j'ai cessé de vouloir rivaliser avec Claude, longtemps que j'ai compris que même si je gagnais un prix Nobel, je serais toujours leur fille, celle d'à côté, la gentille, la brave, celle qui est là, et maintenant la seule qui reste. Maman me regarde d'un air interrogatif. Alors que mon père se plonge dans les nouvelles de son journal, et que ma présence lui importe peu, elle guette.

—Papa ? Tu peux poser ton journal s'il te plaît ?

Je tente de garder un ton neutre, un ton doux, un ton engageant. Mais je tremble. Je m'assieds en faisant lourdement grincer les pieds de mon siège sur le sol en carrelage. Mon poids s'affaisse. Je dois puiser tout au fond de moi la force de parler, de prononcer les mots que Chloé m'a dits, que je vais devoir leur répéter.

—Je…

Un sanglot m'empêche de m'élancer, je passe la main sur mes yeux et je reprends, tête baissée en évitant leurs regards.

—Claude a eu un accident. Il a été percuté par un chauffard, hier soir en rentrant du travail. Les secours et les médecins n'ont rien pu faire. Il est mort.

J'ai vomi les mots dans un seul souffle, sans regarder mes parents dans les yeux ni lever le nez de mes mains qui se tordent, en me demandant si je ne leur racontais pas une bêtise, si j'étais certaine de ce que j'affirmais. Lentement, très lentement, mon père se lève. De son pas de vieil homme, il se traîne jusqu'à sa femme. Elle ne m'a pas quittée des yeux, l'information semble ne pas vouloir l'atteindre. Papa arrive à ses côtés, le silence de la pièce et de nos chagrins agacés par ce pied qui traîne sur le sol, par la respiration difficile, par la réalité qui prend forme.

Leur fils est mort.

Vient alors le cri. Celui qu'on voudrait ne jamais entendre, ne jamais exprimer. Le cri de celle qui a enfanté et qui doit renoncer à son rôle de mère. Le cri d'une femme qui a aimé un autre plus fort qu'elle ne pourrait aimer qui que ce soit et à qui elle dit au revoir malgré elle. Le hurlement de Maman vient du centre de la Terre, vient de la création de la vie, il déchire le silence et nos cœurs. Elle perd son fils, la chair de sa chair, le même sang qui coulait dans ses veines, cet homme qui a été son bébé, qu'elle a porté neuf mois dans son ventre et qu'elle a tant chéri. Je suis mère et je ressens chaque son qui provient de son cœur qui pleure. Sa douleur ne sera jamais mesurable.

À ses côtés, mon père se tasse. Il prend dix ans d'un seul coup. Il est si vieux que je peux voir sa peau se friper à chaque seconde qui le sépare un peu plus de la vie de son fils. Claude était sa fierté, sa réussite, son trophée, son ascenseur social.

Les minutes s'écoulent avec la lenteur de la peine qu'ils subissent. Je pense déjà à la suite. Organiser, planifier, gérer. Je ronge mon frein. Eux vont être en boucle sur des détails, tandis que je devrai aider Chloé. Lorsque je rentre à la maison, épuisée, nous en savons plus sur les événements. Il me faut maintenant annoncer le drame à mes enfants.

En me couchant le soir, je ne peux penser qu'à une chose : je serai toujours celle qui a annoncé à ses parents que leur fils était mort.

# 5
# Chloé

Le jour se lève et je sors de ma torpeur. Je sens la chaleur des enfants autour de moi. J'ai un bras de Théo posé sur la tête, les pieds de Basile sur mon ventre. J'ai mal partout. L'espace d'une demi-seconde, je me demande ce qu'ils font avec moi, mais l'évidence de ton absence me revient comme un boomerang. Je n'ai pas la force de bouger, j'ai peur de les réveiller, de continuer cette nouvelle vie sans toi.

Par quoi commencer ? Que faire ? Comment aider les enfants ? Quand vont-ils retourner à l'école ? Dois-je les garder avec moi ? Comment vais-je réussir à surmonter leur douleur et la mienne ? Et puis, je vais devoir affronter une autre réalité. Celle des comptes, de l'argent, l'administratif, un futur procès, un notaire… Je n'y arriverai pas seule. Non, pas seule. Je ne peux pas, je ne sais pas. Pourquoi n'es-tu plus là ?

Je finis par m'extraire sans, par miracle, réveiller Basile et Théo malgré mes escalades au-dessus de leurs membres. Je découvre un salon déjà en mouvement. Avec le stress et l'épuisement d'hier, j'ai oublié que tes parents dormaient là et que ta sœur et sa famille débarquaient avec le petit-déjeuner. J'ai oublié parce que ma douleur est suffisante et que je ne veux plus voir la leur.

Je les hais. Je voudrais retourner mettre la tête dans l'oreiller et dormir jusqu'à ma mort. Ne pas te survivre pour ne pas avoir à vivre sans toi. Te rejoindre le plus vite possible pour tuer cette douleur oppressante qui m'arrache le cœur chaque seconde où je respire.

Mais je t'ai fait une promesse hier devant tout le monde, une promesse qui va bien au-delà de l'amour que je te porte, une promesse que j'ai faite aussi à nos enfants. Tu n'es plus, mais Basile et Théo vivent, eux, et ils ont le droit de grandir, ils ont le droit de rire et de pleurer, de te chercher et de t'oublier un peu. De vouloir un gâteau au chocolat et de shooter dans un ballon. De lire une histoire le soir et de réclamer les écrans en tapant des pieds. Ils vont très vite avoir besoin de retourner dans leur vie. Je les y aiderai, je les accompagnerai sur cette nouvelle route, parce que oui, je te l'ai promis, parce que je t'aime, mais surtout parce que je les aime eux, plus que tout, bien plus fort que la mort et le deuil. Je pleurerai… demain ou un autre jour. Dans le silence d'une chambre vide, dans les nuits qui ne m'apporteront plus l'espoir de te sourire au matin.

Pour le moment, j'embrasse ta mère, je souris et j'affronte.

Le monde, la vie, les gens.

Ton absence et le manque de toi.

Les angoisses de Basile, la colère de Théo.

Les frais, les factures, la peur de demain.

Et ton père… Ton père qui a besoin de s'occuper, de se sentir utile, en toute occasion et maintenant encore plus. Ta disparition l'a probablement propulsé vers la fin plus vite que prévu. Il culpabilise d'être encore là, tandis que toi, son fils, sa merveille, sa fierté, tu n'es plus. Alors il s'occupe. Des enfants et de moi, de nos finances, de notre avenir plus sombre. Nous aider à survivre. Il le fait avec tout le tact dont il est capable, c'est-à-dire pas grand-chose, même si je sais que cela part du cœur.

Il me demande des papiers, des factures, il cherche, stocke, déchiffre, empile, classe. Pendant ce temps-là, ta mère pleure et Maxence fait le ménage, encore. Comme si sa vie en dépendait, comme si la miette de pain qui reste au milieu du plan de travail était la raison de ton départ. Je comate avec un café, en attendant que les enfants se lèvent. Lorsqu'ils émergent, le cheveu froissé et la mine endolorie par leur deuil, ils cherchent mes bras, se blottissent contre moi, enfouissent leurs nez dans mon cou à la recherche d'une odeur familière et rassurante. Cet afflux d'amour me fait chanceler. J'ai envie de nous évader, loin de la réalité. Juste nous trois. Faire le plein d'un amour brut sans conditions et sans tourments pour mieux affronter demain.

La journée dure un siècle. C'est un supplice, personne ne se parle ou presque. Ta sœur fait le repas, le service, elle m'épuise. Basile et Théo partent se promener avec son mari, toujours un peu transparent face à l'énergie de sa femme, et leurs deux enfants, les cousins chéris qui, à un ou deux ans d'écart près, partagent les peines et les joies avec nos garçons. Une normalité et des rires qui font écho au vide de ton absence.

Je ne suis pas loin de la crise de nerfs. Je tremble. Je voudrais plonger dans des excès. Je voudrais boire, fumer, dormir, oublier. Oui, oublier.

Finalement, au bout de ce jour triste et gris de cette nouvelle vie angoissante, ton père tranche, de son ton de voix qui ne laisse pas de place au doute, ce qui te mettait les nerfs en boule, avant. Tel un juge qui tape du marteau dans son tribunal, il énonce ses conclusions :

—Chloé, ce n'est pas si catastrophique. Vous avez un peu d'argent de côté et *a priori* Claude avait pris une assurance vie. Mais il va falloir vendre la maison. Rapidement. Pour te mettre à l'abri de frais trop importants.

Je viens de prendre un coup dans le ventre, j'ai le souffle coupé. Est-ce qu'il remarque la dureté de sa sentence ? Comme si ta mort n'était déjà pas assez irrévocable !

—Écoute, hésite-t-il une seconde, on en a parlé tous ensemble… Le mieux serait que tu… enfin, que les enfants et toi veniez vivre à la maison… on pourra t'aider…

J'aurais mis les doigts dans une prise que je n'aurais pas reçu de choc plus fort. Alors c'était ça qu'il cherchait depuis le départ ? La preuve que sans ta famille, nous ne pourrions plus exister ?

—Merci Beau-Papa, mais non…

La colère me monte au nez, j'essaye de garder un ton posé, mais ton père, qui ne conserve jamais une idée dans sa poche, se pose en héros du jour et ne lâche pas son os :

—Je crois que tu ne te rends pas compte de la situation…

—Non, effectivement, mais vous non plus.

—Chloé…

Je ne vais pas le laisser me dire ce que je dois faire, je ne peux pas accepter qu'un autre, même s'il s'agit de ton père, me dise comment gérer la suite :

—Écoutez. Je sais. Je sais que vous voulez bien faire, je sais que vous vous inquiétez, je sais que vous pensez que c'est votre devoir. Mais vous me parlez d'argent. Moi je pense à vos petits-fils, à leur vie ici, à la nécessité de garder leurs marques, leurs amis, leur vie…

Le ton monte, nous nous affrontons, et ma frustration et ma colère se heurtent à celles, identiques, de ton géniteur :

—Arrête de rêver, Chloé ! Ça va être quoi, leur vie ? Vous meniez grand train, vous possédiez une belle maison, et quoi ? Tu vas prendre un appartement, tu vas devoir travailler plus, et…

—Je ne suis plus une enfant !

Cette fois, je ne peux plus me contenir et je hurle :

—J'ai une carrière ! J'ai toujours gagné de l'argent ! Évidemment, pas autant que Claude, mais je n'ai jamais dépendu de lui ! Alors oui, on va vendre la maison. Oui, on va devoir se réorganiser, oui, j'aurai besoin de vous. Mais pas comme ça ! Pas en foutant en l'air ce qui nous reste, aux enfants et à moi !

Je quitte la pièce en claquant la porte, furieuse. Ton père a au moins le mérite de me faire ressentir autre chose que le chagrin, mais… Mais ça va pas bien dans sa tête ou quoi ? Sans déconner ! Partir d'ici ? Emmener les enfants loin de leur quotidien ? Quitter notre vie et m'imposer leur baraque des années 1970, la messe et les mots croisés du dimanche matin ? Ne pas pouvoir regarder *Greys Anatomy* tranquille, traîner un dimanche entier en pyjama, inviter les copains à prendre l'apéro sur un coup de tête ? Les sanglots m'envahissent et les coups pleuvent sur mon pauvre oreiller. Tu ferais quoi à ma place ?

Tout se mélange : l'aide que je ne peux accepter et qui saperait mon indépendance et, de l'autre côté, la peur paralysante de n'être pas à la hauteur de nos projets, de nos espoirs, de tout ce qu'on envisageait à deux pour nous quatre. J'étais la première dans notre couple à travailler, à me forger une carrière de cuisinière d'abord dans les plus grands restaurants de Paris, puis en créant une des premières chaînes YouTube de pâtisserie et en offrant mes services aux particuliers dans des ateliers ou en tant que cheffe à domicile. Je me vantais d'être pionnière. Mais c'était toi qui portais financièrement le foyer avec ta carrière en grande entreprise. Je tourne et retourne les arguments pour et contre, me battre encore comme, lorsqu'adolescente après le décès de ma mère, Papa m'a laissée à l'entrée d'une pension et s'est contenté de chèques pour compenser l'abandon. Ou accepter l'offre de tes parents, être une enfant que l'on protège d'elle-même, mais offrir une sécurité aux enfants ? Celle-là même qui m'a tant manqué, adolescente, celle que j'ai refusée pendant si longtemps pour prouver mon existence au monde, mais celle aussi que toi seul as su m'offrir et qui nous a sauvés. Les mots s'entraînent et se mélangent, forment des idées, des phrases, des avenirs improbables, des tunnels sans fin…

J'ai dû m'endormir. Quelque part dans mon subconscient j'aperçois ton ombre, tu n'es pas vraiment toi, mais une silhouette que je reconnais sans en distinguer les traits, ta main se tend, tu chuchotes, je voudrais entendre, te comprendre, mais il y a trop de vacarme autour de moi, et tu t'éloignes. Les bruits de la maison me font doucement émerger de ce sommeil qui me laisse un goût d'inquiétude.

Ta sœur toque à ma porte. Les enfants sont rentrés de la promenade. Elle a tout préparé, la vaisselle est rangée, mais eux sont sur le départ. Retour chez eux. Je vois qu'elle hésite, puis, la tête penchée, pour cacher son émotion, elle me demande d'excuser votre père : il a mal, il s'en veut. Il a l'impression de ne pas pouvoir nous protéger du pire.

Le pire n'est pas de t'avoir perdu, mais de devoir vivre sans toi.

Je dois descendre dire au revoir. Je ne peux pas lui laisser croire que je lui en veux, que je suis fâchée contre lui. Je dois le rassurer. Il m'attend, debout, l'air d'un enfant pris en faute, mais qui n'est pas tout à fait prêt à renoncer à son idée, il me sourit, le chagrin au fond de ses prunelles. Je le prends dans mes bras. Cet homme que j'admire tant semble si frêle, si fragile, je perds de mon assurance et j'ai la voix qui tremble :

—Beau-Papa, c'est dur… Pour tout le monde. Je vais avoir vraiment besoin de vous. En tant que grand-père gâteux et en tant que beau-père attentif et aidant.

Ses yeux sont si tristes, son regard, si désespéré, les pleurs se mêlent à ses mots :

—Ma belle… Je… Je voulais simplement…

—Je sais.

Nos mots d'amour se lisent dans le silence qui suit. Nous sommes de nouveau unis, de nouveau une famille. Mais voilà… Ce qui arrive est presque plus insurmontable. Encore un au revoir. Encore une séparation. Les jumeaux toujours boueux ne veulent pas voir partir leurs cousins, leurs oncle et tante et leurs grands-parents. La porte qui se ferme, et cette fois, nous sommes seuls, tous les trois. Juste nous trois.

Le temps d'une douche, et d'un dîner improvisé devant *L'Âge de glace 3*, celui avec les dinosaures, leur préféré. Les garçons connaissent par cœur les dialogues, et parce que ce sont des enfants, ils se laissent vite happer par l'histoire et se lancent dans un concours de doublage, miment les scènes, rient, vivent. C'est une bulle d'oxygène. On fait encore un peu semblant que tout est normal. On ne pense pas à la nuit qui vient, au sommeil agité, au cauchemar et au réveil, bien plus horrible que le reste.

# 6
# Chloé

Le calme s'abat lourdement sur la maison. Le reste de la famille pleure dans son coin loin de nous, le téléphone vibre moins de SMS, chacun reprend le cours de sa vie. Le silence des autres s'impose. Nous ne sommes plus que tous les trois. Basile, Théo et moi. Face au vide, au manque de toi. Je ne dors pas, mais je ne le dis pas. Sara risquerait de venir me forcer à prendre une pilule le soir et de me border… Les nuits succèdent aux jours, et je reste allongée, en grosses chaussettes et pull dans le noir. Je tends l'oreille pour écouter le souffle des enfants dans la chambre d'à côté. Basile se lève plusieurs fois par nuit. Il erre, encore endormi. Dans son rêve de somnambule, il te cherche. C'est dur de voir ce petit homme, si joyeux en temps normal, marcher la nuit et pleurer son papa. Théo sombre aussi. La colère l'envahit pour un rien. Il est temps de les relâcher dans la vraie vie. Ils doivent retourner à l'école, reprendre des habitudes, un rythme.

Se lever, préparer le petit-déjeuner, prendre ma douche, réveiller les jumeaux, avaler une tartine, s'habiller, se laver les dents… Une routine qui m'épuise avant même d'entamer la journée. Devant la porte d'entrée, je m'arrête. Il faut y arriver…

Nous marchons à trois. Mains serrées. C'est un jour de rentrée, mais sans l'excitation et la joie. La tension me tord le ventre. Les regards entendus, les sourires tristes, les tentatives de gestes pour venir nous voir. Il nous faut à peine trois minutes pour arriver à l'école. C'était un de nos critères quand on a cherché une petite ville de banlieue bourgeoise pour installer notre famille il y a presque dix ans déjà. Être proches de l'école, avoir une vraie vie de quartier, des transports en commun pour ne pas se sentir coupés de Paris, même si en vrai, nous y allions de moins en moins en dehors des nécessités professionnelles. Nous voulions offrir un cadre de vie rassurant et presque provincial à nos enfants : tu ne concevais pas de ne pas leur prodiguer ce que, toi-même, tu avais reçu de tes parents et, pour moi, il s'agissait simplement de leur donner amour et sécurité, ce que je n'avais plus connu après mes douze ans, lorsque Maman est décédée brutalement. Pour autant, s'installer en banlieue n'a pas été si simple : j'avais toujours vécu en appartement. Habituée aux talons au-dessus de ma tête, aux odeurs de cigarettes dans les parties communes, aux disputes et réconciliations sur l'oreiller, le choc des cultures a été brutal. Le petit mot sur le pare-brise pour rappeler qu'un bateau n'est pas une place de parking, les sous-entendus sur la gêne occasionnée par un ballon qui vole au-dessus de la haie trois fois de suite, les regards désapprobateurs sur la morve qui coule du nez des enfants au parc, autant de petites anecdotes qui nous ont fait sourire avec le temps, mais qui sur le coup m'amenaient à regretter le pavé parisien et les parfums nauséabonds du métro. J'avais parfois l'impression d'avoir été propulsée dans la quatrième dimension directement à Wisteria Lane[1]. Cela te faisait rire, toi, le provincial, habitué à ces rapports de voisinage qui frôlaient parfois l'ingérence, toi, le fils idéal qui essayais tant bien que mal d'apprivoiser la fille abandonnée en lui servant sur un plateau d'argent tout ce qu'elle n'avait jamais eu : une famille avec l'amour, la sécurité, la confiance, l'espoir, l'avenir…

Je serre les mains des enfants un peu plus fort, nous arrivons déjà à la grille de l'école avec la cour, les instits, les copains, les gentils et les méchants. Ceux qui vont leur taper dans le dos et marquer leur soutien, et ceux qui vont enfoncer le couteau dans la plaie. Les petits cons qui se feront un plaisir de leur rappeler tous les matins qu'ils sont orphelins de toi. J'ai déjà comme une envie de meurtre. Je les imagine, ces p'tites caboches vicieuses, venant narguer nos têtes blondes si fragiles. OK, je me calme, OK… Je sais, ce ne sont que des enfants… Les maîtresses des garçons accourent, comme si elles nous guettaient depuis des jours.

—Madame, nous tenions à vous dire à quel point nous sommes désolées. Nos condoléances…

—Merci…

Le mot vient difficilement, étranglé par le flot de larmes qui menace.

---

1 Quartier dans lequel évoluent les héroïnes de la série *Desperate Housewives.*

—Avez-vous des recommandations à nous faire pour permettre à Basile et Théo de mieux réintégrer l'école ? me demande la directrice au regard si bienveillant.

Je n'y arrive pas, désolée… non je ne peux pas. Parler, expliquer, les aider. Je ne peux pas, c'est trop tôt. J'aimerais faire demi-tour avec les garçons et rentrer. De nouveau nous enfouir sous les draps, regarder des films qui font rire, manger de la glace et se rendre malades de tout ce sucre ingurgité… Une nouvelle fois, ce sont eux, mes petits hommes devenus grands d'un coup, qui donnent le signal. Basile et Théo me serrent fort dans leurs petits bras d'enfants de neuf ans.

—À tout à l'heure, Maman. Ça va aller ? chuchote Basile.

Théo me scrute, il s'inquiète pour moi. Sur son visage, je lis la joie de retrouver les amis, les jeux, une vie normale rythmée par les bobos et les dictées, l'heure du parc et le foot…

Ça va aller… Oui, ça va aller. Promis mon cœur, je vais fermer les yeux jusqu'à seize heures, vous attendre sagement.

Je me détache d'eux et les laisse courir vers la cour et je suis encore plus vide. Sans les enfants autour de moi, je chancelle. Aller où, faire quoi, comment ?

Elle apparaît juste au moment où la cloche sonne, que tous les marmots disparaissent dans le bâtiment pour rejoindre leurs classes. Pile quand mes jambes se dérobent.

—Allez, Chloé. Je te raccompagne.

Je ne dis rien, je suis une poupée molle. Assise à la table de la cuisine, Sara regarde le bazar et la saleté. Cela en dit long sur mon état mental. Cette cuisine est mon royaume, mon espace de création, mon environnement de travail. Quand nous avons acquis la maison, ce fut la seule pièce dans laquelle je me suis investie à cent pour cent : je la voulais grande, aérienne et ouverte sur le salon grâce à une magnifique baie vitrée de style industriel. Au centre, un immense îlot central surélevé pour me permettre de naviguer entre les différents éléments de cuisson et de préparation, et accueillir les invités perchés sur des chaises de bar à l'heure de l'apéritif, sans avoir à quitter mes fourneaux. Je l'ai choisie bleue pour qu'elle respire le bien-être, et qu'elle ressorte bien dans les vidéos que je postais sur YouTube. Aujourd'hui, je suis le regard de Sara et tous ces détails qui m'ont pris tant de temps et d'énergie me paraissent dérisoires. La saleté est reine, et au milieu d'un bordel monstre trônent les boîtes de pizza et les paquets de pâtes vides. J'ai l'impression d'avoir enfilé ma tenue de travail il y a un siècle.

En vrai, je suis en colère. Très en colère. Contre toi de m'avoir abandonnée, contre le connard qui a percuté ta voiture et t'a envoyé dans le décor pour toujours, contre le monde qui continue de tourner alors que nous survivons. Les larmes menacent à nouveau de me noyer.

—Tu as besoin d'aide.

—Je sais.

—Ah… c'est con, mais je m'attendais à ce que tu m'envoies bouler, me répond Sara en sursautant presque.

—Tu vois, je grandis.

Un sourire… oui un sourire.

Et je lui déballe d'un coup d'un seul : ma peine, mes angoisses, mon stress, le manque de sommeil, la peur de voir les enfants sombrer, de ne plus pouvoir leur offrir la vie dont nous rêvions et pour laquelle tu bossais si dur. Sara est ma meilleure amie et notre voisine. Elle a toujours vécu dans cette petite banlieue, mais n'a pas l'esprit étriqué de certaines mégères soi-disant trop bien-pensantes. Lorsqu'on s'est croisées la première fois, quelques jours après notre emménagement, alors que je venais quémander du sucre (le comble pour une pâtissière) que je ne trouvais pas dans nos cartons, je suis tombée en amour avec cette grande asperge brune, aux yeux noirs magnifiques et si expressifs. Sara aime ses enfants, son mari de temps à autre, surtout quand il est en voyage, et ses amis, les vrais pour qui elle déplacerait des montagnes. Sara est kinésithérapeute, elle masse, elle soigne, mais réserve son empathie pour les gens qu'elle aime, et qui se comptent sur les doigts d'une seule main. Une de ses grandes qualités est qu'elle est pragmatique. Elle refuse de me voir sombrer. Elle se lève de sa chaise, le nez pincé, l'air un peu trop décidé à propulser un grand souffle dynamique dans la maison. Même si là, tout de suite, je ne suis pas loin de la détester lorsqu'elle me dresse l'inventaire de ce que je dois faire, elle ne me laisse pas le choix et c'est tant mieux.

—Il faut attaquer par le début.

Au bord de l'hystérie, je lui rétorque :

—Et c'est quoi ? Le ménage ? Les comptes ? Le notaire ? Il y a tellement à faire et j'ai tellement peu d'énergie ! Je me concentre sur les enfants, c'est bien tout ce que j'arrive à faire !

—C'est bientôt Noël.

—Youpi ! Tu m'en vois ravie !

Sara croise ses bras et me toise sans se laisser démonter par mon ton caustique.

—Commence par là. Appelle tes beaux-parents et va donc dans la famille de Claude. Tes enfants seront avec leurs cousins, ils auront un peu de joie…

Et la voilà qui établit une (trop) longue liste avec numéros et dates d'exécution, téléphone d'avocat pour les assurances, la banque, le notaire. J'ai le tournis. Elle parle, elle gigote, nettoie la cuisine, fait le point sur les courses qui manquent, envoie un mail aux mamans de l'école pour que chacune nous apporte des repas le soir, jette un coup d'œil à mon planning professionnel : dans un élan de lucidité, j'ai envoyé un mail type à mes clients particuliers pour annuler tous les ateliers à domicile jusqu'à nouvel ordre, et je n'ai rien posté sur YouTube depuis… Depuis que tu es parti.

—Bon, tu es consciente que là, il faut que tu reprennes le boulot ?

C'est la phrase de trop pour moi. Un torrent jaillit de mes yeux, la crise de panique me guette :

—Je sais… mais je n'y arrive pas, c'est trop dur.

—Mais si, une fois le nez dans le beurre et la vanille, tu te sentiras mieux.

Tout semble si évident, si simple dans la bouche de Sara, mais a-t-elle ne serait-ce qu'une minuscule idée du gouffre dans lequel nos vies ont été englouties ? Je laisse éclater toute ma colère :

—On ne parle pas d'un rhume, Sara, bordel ! Je ne vais pas me sentir mieux parce que je prépare une nouvelle recette.

Une autre des grandes qualités de mon amie est qu'il est très difficile de la vexer. Elle lève un sourcil parfaitement dessiné par l'esthéticienne, et réussit à me tancer avec son regard noir de jais, celui qui fige les enfants et les fait obéir sans un mot. Je me tasse sur mon siège, intimidée moi aussi par son autorité naturelle. Je respire profondément et je me rends à son avis. Au fond, je sais qu'elle a raison : nous consignons ensemble tout ce que je dois faire, heure par heure. Une bonne manière de régler un à un les problèmes administratifs, de m'organiser dans la reprise du travail sans avoir trop à réfléchir. Agir simplement. Lorsque c'est l'heure d'aller chercher les jumeaux à l'école, la maison est rangée et propre. Sur le comptoir de la cuisine, l'inventaire complet de tous ces petits riens que je dois accomplir et qui feront peut-être un jour un grand tout.

Je quitte la maison comme si j'étais une agoraphobe en voie de guérison. Un sentiment de panique m'enserre la poitrine et l'air frais qui me fouette le visage ressemble plus à une agression qu'à un plaisir. Mon amie prend mon bras sous le sien, l'étreint avec tendresse et son parfum qui s'échappe et m'enveloppe me donne l'illusion fugace et mensongère que rien n'a changé et que ce n'est qu'une journée comme les autres.

Mais le répit est de courte durée, car alors que nous arrivons devant l'école, la panique devient trop forte : vais-je tenir le coup devant les enfants ? J'ai de nouveau envie de pleurer. Comment vont les jumeaux ? Ce premier jour n'est-il pas trop difficile à gérer ? Et leurs copains se sont-ils montrés sympas ? Deux tornades blondes se jettent dans mes bras, ils ont leur sourire de tous les jours. Celui qui réclame une dose de tendresse après une dure journée de labeur et de maths, celui qui demande le goûter et un temps d'escapade avec les amis, leur sourire d'avant… Qui s'efface tout de suite en me regardant.

—Maman, ça va ? Ça a pas été trop dur pour toi ?

Mes deux amours, nos deux amours, qui pensent à moi avant de penser à eux, qui s'inquiètent de mon état avant de me raconter leur retour à l'école. Je serre les dents à m'en faire mal. Tenir, tenir, ne pas craquer.

—Oh mes loulous ! Ça va ! Sara s'est occupée de moi. Elle a joué à la fée et a nettoyé la maison d'un coup de baguette magique. Et vous ? Avez-vous envie d'aller au parc et de jouer un peu avec vos amis avant de rentrer ?

J'espère qu'ils diront non. Là tout de suite, je rêve de me blottir contre eux, et de m'endormir sur le canapé en sentant leur chaleur se propager dans mon corps si froid.

Je vois bien qu'ils n'osent pas accepter. C'est le fort des enfants, ils ont le cœur brisé, je le sais, et toi, leur papa d'amour, tu leur manques à un point que je ne peux pas imaginer malgré ma propre douleur, mais ils ont avant tout besoin de vivre. Finalement, je ne leur laisse pas le choix et me dirige vers le parc. Toutes les « copines » sont là. Les mamans avec qui je parlais tout le temps « avant », on se racontait le bobo du grand, l'humeur du petit, les notes, on se donnait des recettes de grand-mère, on allait même parfois jusqu'à détailler nos accouchements, nos demandes en mariage… Elles sont là, au garde-à-vous, jetant un œil d'abord inquiet à Sara qui me passe un bras autour des épaules, protectrice et rassurante. Les jumeaux n'ont pas mis longtemps à rejoindre leurs potes pour un foot endiablé dans une herbe un peu gadoueuse tandis que le soleil continue de briller et déverse sur nous un froid sec, agréable et vivifiant. Nous rentrons une heure plus tard. Les joues rouges de plaisir pour les enfants, la terreur du vide m'agrippant à la gorge violemment. Nous avons entamé la série des premières fois sans toi. Tu ne rentreras pas ce soir te poser à côté de moi dans la cuisine tandis que les enfants dînent, tu n'entendras pas les derniers potins glanés au parc, tu n'applaudiras pas aux exploits des garçons au foot, tu ne me verseras pas de vin blanc, nous ne trinquerons pas… Un premier soir d'école banal sans toi.

# 7
# Chloé

Je voudrais revenir en arrière, revivre chaque seconde de notre vie à deux. Tu me manques comme un camé qui attend sa dose, et à part repartir en arrière et laisser mon cerveau se souvenir en boucle de nos meilleurs moments, il ne me reste de nous que des images fixes imprimées sur du papier, ou ces quelques films tournés à la va-vite. Mon cinéma, je le projette dans ma tête, je repasse le scénario de nos quinze ans ensemble, et je n'y trouve plus aucun défaut.

Chaque fois, je recommence depuis le début, notre rencontre. Dès le début, nous avions décidé que nous ne serions pas comme les autres.

*Quinze ans plus tôt, dans un grand appartement haussmannien parisien*

Mais pourquoi ai-je accepté d'accompagner Géraldine à cette soirée ? On travaille ensemble au Saint Lazare, une grande brasserie parisienne. Moi en cuisine, j'apprends mon métier de cheffe en épluchant des patates et taillant des carottes pour un grand nom de la gastronomie française, et mon amie est serveuse pour payer ses études de psychologie. Elle est souvent sollicitée par la clientèle masculine qui voit en elle un joli minois et un petit cul agréable à regarder. D'habitude, elle sait les remettre à leur place tout en restant professionnelle, mais ce soir, elle a craqué sur l'un d'eux. Elle s'est laissée draguer et quand le client lui a proposé de le rejoindre dans une soirée donnée par un de ses amis, elle n'a pas hésité une seconde à dire oui. À la fin du service, elle m'a suppliée de l'y accompagner. Voilà comment, alors que, percluse de fatigue, je tiens à peine debout, je me retrouve dans un appartement immense rempli d'étudiants fils à papa et de filles hyper-mode et longilignes dont la longueur de jambes laisse à penser qu'elles posent toutes chez *Vogue*. Je me sens chenille au milieu d'un champ de papillons. Un ovni égaré qui n'a d'autre option que d'observer la faune en pleine saison des amours. Géraldine, en général maîtresse de ses actes, semble happée par ce jeu de séduction et se laisse emporter par le flot de champagne et de belles paroles de son client. Il ne me reste qu'à me caler contre un chambranle de porte et m'amuser du spectacle environnant.

Mais tu entres dans la pièce. Solaire. Il émane de toi une assurance naturelle pleine de bienveillance. Ton sourire, sincère, charmant. Ta main qui tente d'apprivoiser une mèche blonde rebelle. Je ne vois plus que toi. Je ne peux pas distinguer la couleur de tes yeux, mais je devine une lueur moqueuse, un brin d'espièglerie qui me charme déjà. Vous êtes entre potes, dont Mica, notre futur témoin de mariage, et vous ne vous souciez pas des autres, de ces spécimens parisiens qui n'ont d'autre ambition que l'apparence : vous riez, buvez, sans autre prétention que de passer un bon moment. Ta bonne humeur et ton charisme naturel sont contagieux. Je ne te quitte plus des yeux, contemplative. Mais lorsque je reviens sur terre, je comprends trop tard que tu m'as vue et que tu t'es approché :

—J'ai quelque chose sur les dents ?

Posté devant moi, tu me souris de toutes tes dents pour appuyer ta phrase. Je craque sur toi, j'en suis totalement consciente, tout comme je suis consciente que c'est à mon tour de parler même si je perds tous mes moyens. Ma repartie ne restera pas dans les annales de l'histoire de la drague :

—Euh… non, pourquoi ?

—Parce que tu m'observes depuis un bon moment et que tu souris.

Encore cet éclair malicieux dans tes yeux, dont je peux enfin distinguer la couleur noisette tachetée de petits éclats noirs :

—Et ce n'est pas bien de sourire en regardant les gens ?

J'ai les genoux qui dansent les castagnettes et le cœur qui cogne si fort que j'ai peur qu'il s'extraie de ma poitrine, mais j'entre dans la danse et je joue aussi.

—Ce n'est pas habituel, cela pourrait passer pour de la moquerie ou de la provocation.

—Mais c'est efficace.

Un imperceptible mouvement de tête, une lueur, un autre sourire presque invisible. Tu es conquis, je suis amoureuse. Nous le savons. Nous connaissons déjà la fin de l'histoire. Mais nous avons envie de savourer cette parade amoureuse, ce ballet de séduction.

—Pourquoi ?

—Pour attirer l'attention.

La soirée se transforme en nuit. Si courte et pourtant sans fin. Nous parlons, des heures, enchaînant les verres, le verbe haut et la blague facile. Nous entamons ce qui deviendra notre jeu préféré à la terrasse des cafés : observer les gens, leur inventer une vie ou les rhabiller pour l'hiver selon qu'ils nous sont sympathiques ou pas.

Le jour n'est plus loin de pointer quand nous quittons l'appartement parisien.

*Il est cinq heures, Paris s'éveille.*

Sans nous poser de questions, nous suivons à pied le chemin vers mon nid perché sous les toits d'un petit immeuble sans prétention du dix-huitième arrondissement. Nous rions, nous jouons, nous nous provoquons. Suspendre le temps dans cette attente insupportable d'un désir qui nous enveloppe de plus en plus fort.

Comme dans un film, comme dans une de ces comédies romantiques que j'affectionne tant, nous voilà enfin en bas de mon immeuble, chaque cellule de notre peau palpite, j'ai le dos collé à la porte, tu t'approches. Un regard, un souffle, l'excitation d'un autre jeu qui commence, un sourire, la chair de poule.

—Si un jour on m'avait dit qu'une beauté pareille me draguerait…

Tu es si près. Tu es trop loin.

Je fais le premier pas, je romps le charme de la distance, je t'embrasse. Comme une urgence vitale de sentir tes lèvres, ta langue. Nos corps se trouvent instantanément. Je peux encore ressentir le désir fulgurant et presque douloureux de cet instant où nous avons fait l'amour pour la première fois. La jouissance explosive, dominatrice. Je sens encore le goût de ta sueur, le manque à peine nos corps séparés. La nuit n'est pas assez longue pour assouvir ce besoin que l'on a l'un de l'autre. Alors que nous avons parlé toute la nuit, seuls les soupirs et le silence nous accompagnent tout au long de ce combat amoureux. Je suis abasourdie par la puissance de ce que je ressens. Jamais je n'ai été prise d'assaut par un sentiment bien plus fort que ma raison. Pas besoin de mots pour comprendre que je t'aime déjà. J'affronte ce bonheur tombé du ciel. Tu entres dans ma vie, dans ma chambre de bonne, dans mon lit. Et tu n'en es jamais parti.

Tu avais coutume de dire que c'était moi, la forte du couple. Je m'étais construite seule, je n'avais pas craint de suivre mes rêves. Mais j'avais suivi un idéal professionnel, une ambition de réussite. Je n'avais pas prévu que l'amour, dont j'étais privée depuis si longtemps, ferait partie de l'équation. Alors oui, j'étais douée pour diriger une cuisine, donner des ordres et me battre contre le machisme de mon milieu. Mais dans mon cœur, tu étais mon amour, le vrai, celui qui, tous les jours, me faisait découvrir le bonheur et la confiance, la folie du plaisir, l'assurance que demain serait encore plus beau parce qu'on était deux.

Nous avons vécu les premiers mois de notre relation dans une évidence sans contrainte. Mon nid est devenu notre palace. Nos vies se sont emmêlées, accordées sans jamais sonner faux. Il y avait le manque la journée, la passion le soir, il y avait le désir et le sexe, notre drogue. Je me réinventais à tes côtés et tu me répétais que j'étais la meilleure partie de toi-même. Nous avions vingt-quatre ans, un avenir lumineux qui se projetait devant nos yeux en trente-cinq millimètres.

Le premier « je t'aime », c'est toi qui l'as prononcé, nous venions de faire l'amour et nous grignotions, sous la couette, les restes rapportés du restaurant où je travaillais. J'étais nue, la chaleur de ton corps réchauffait le mien et je me sentais libre. Libre, si libre et si vivante. Tu plaisantais sur mes orgasmes pas toujours discrets et nous nous demandions si les voisins entendaient nos ébats, quand tu t'es tourné vers moi, affichant une expression mélangeant sérieux, excitation et inquiétude :

—Si on s'installait ensemble ?

Mon pouls s'est accéléré, est-ce que tu plaisantais ?

—Ce n'est pas déjà le cas ?

—Si on trouvait plus grand ?

Le ton de ta voix était grave. Tes yeux me demandaient une réponse, mais elle resta bloquée dans ma gorge nouée d'émotion. Je parvins à murmurer :

—Tu es sûr ?

—Cela fait des mois que je suis devenu le coloc invisible de Mica. On pourrait mettre nos deux noms sur une boîte à lettres ?

J'ai eu peur. Très peur. Que tu te moques de moi, que tu me testes, que tout cela ne soit pas vrai.

—Clo… Arrête de gamberger.

—Je…

—T'aime.

Mes oreilles chauffaient, une armée de papillons virevoltait dans mon ventre et je n'entendais plus rien que les battements de mon cœur prêt à m'étouffer de joie.

—Quoi ? répétais-je, encore hébétée.

—Je t'aime. Je t'aime. Je t'aime. Je n'ai pas besoin d'attendre deux ans pour comprendre que tu es la femme de ma vie. Je le sais déjà. Toi et moi. Moi et toi. Pour toujours.

Nous sommes devenus les Cloclo. Pour une sans-famille comme moi, être deux, c'était déjà le comble du bonheur. Je découvrais un tas de détails qui rendent la vie merveilleuse. Le sourire, le partage, la confiance, l'envie, le manque, l'attente, le plaisir de se retrouver, de se raconter nos journées, de dîner avec des amis. Nous avons pris notre temps pour trouver LE bon appartement. Entre le budget qui n'était pas mirobolant, vu que nous débutions tous les deux dans nos jobs, et un quartier qui nous plaise… On a finalement déniché un petit loft, sous les toits de Paris, avec une cuisine ouverte sur une pièce de vie charpentée aux tomettes anciennes, et une chambre qui avait vue sur les cheminées des immeubles de la ville. Il était atypique comme notre couple. Ce fut le coup de cœur pour nous deux, on s'y projetait déjà. Nous avons donc présenté notre dossier. J'avais déjà un salaire, mais toi, tu commençais à travailler tout juste après tes années d'école de commerce. On nous a demandé des garants. Je n'en avais pas. Tu avais tes parents. On parlait souvent de ta famille. De ce que ce mot représentait pour toi. Des liens qui vous unissaient. Tu estimais qu'il était temps pour moi d'intégrer cette tribu, de me présenter ceux qui t'avaient forgé et qui avaient fait de toi l'homme dont j'étais amoureuse.

*Environ quatorze ans plus tôt, quelque part dans les Pays de la Loire*

—Maman, Papa, je vous présente Chloé.

Je tremble de peur. Tétanisée à l'idée de ne pas être à la hauteur. À ta hauteur, celle de tes parents, de votre famille, de tout cet amour qui transpire de vous et dont je n'ai pas la moindre notion. Pourtant c'est comme si je les connaissais déjà. Tu me les as racontés, détaillés. J'arrive un peu après toi, pour te laisser le temps de leur parler de moi, et tu viens me chercher à la gare. Ils nous attendent sur le pas de la porte. Droits, fiers. Tu m'as prévenue : ton père aime le débat. Tu as déjà imaginé en riant nos futures conversations houleuses sur la politique, moi plutôt à gauche, ton père à droite, nos lancers de boutades et surtout des heures passées ensemble en cuisine à mijoter de bons petits plats.

J'ai visualisé mille fois cette rencontre, et tes parents sont bien au-delà de mes espoirs de petite orpheline :

une maman aimante, chaleureuse, attentive, tendre et généreuse ; un papa taquin surfant sur la provocation, acceptant aussi la blague qu'on lui lance. J'aime ces quelques jours passés simplement, auprès du feu de cheminée. Nous marchons en forêt et ramassons des champignons, nous parlons culture bio et cuisine, ta mère me montre les albums de famille. J'ai le sentiment d'avoir trouvé ma place. Auprès de toi, auprès d'eux. Dans une famille. Ma famille.

Je rencontre aussi Maxence. J'ai tellement envie qu'elle m'aime autant que tu l'admires. Mais nous nous agaçons l'une l'autre. J'ai le sentiment diffus qu'elle m'en veut de prendre la place. Mais la place de qui ? Je ne peux m'empêcher de la trouver pimbêche à sa manière de tout régenter, de te raconter des événements « importants » du village, une façon de te rappeler en permanence qu'elle est là où tu n'es pas. Mais tu me demandes d'être indulgente, patiente avec elle, de la laisser s'agiter, de l'apprivoiser avec bienveillance. Au bout de quinze ans, j'en suis encore à me mordre la langue devant son agitation, mais j'ai aussi appris à quel point tu l'aimais.

Ces quelques jours hors du temps restent gravés dans mon cœur. Au moment de repartir, je suis triste. J'aime déjà tes parents. Vous êtes faits du même bois, dans la droiture et la noblesse d'un amour dénué d'ambition.

—Chloé, bienvenue dans la famille. Vous êtes un joli rayon de soleil. Claude nous a raconté toutes les épreuves que vous avez affrontées, et malgré tout cela, vous avez su garder une certaine naïveté, une âme d'enfant.

Ton père faisait référence au drame de ma vie, le décès prématuré de ma mère. Elle avait été emportée par un cancer du sein foudroyant quand j'avais douze ans et je n'en avais pas treize quand mon père m'avait laissée un jour à l'entrée d'une pension avec pour seule excuse :

—Tu sais, ta belle-mère n'est pas très à l'aise avec les enfants.

Je l'ai revu de temps en temps. Un déjeuner, parfois même un week-end. Et puis, le jour de mes dix-huit ans, j'ai reçu, en cadeau, un chèque et le silence radio.

Cela ne m'a pas rendue ni meilleure ni moins forte qu'une autre, mais j'ai achevé mon adolescence avec la volonté féroce de réussir ma vie. L'amour avait toute sa place dans mon projet de vie. Je restais une petite fille qui aime les contes de fées et je voulais mon prince charmant. Pas du genre qui sauve sa princesse sur son beau destrier blanc. Non, mon prince serait mon partenaire, égal à égale. Il devrait être drôle, il devrait être un peu fou, le ridicule, sa seconde nature, et l'impossible ne ferait pas partie de son vocabulaire. Je voulais aimer et être aimée. À la folie.

Tu étais ce prince, mon roi. Tu as quitté des réunions importantes juste pour me rassurer après un entretien d'embauche, tu as engagé un gospel pour chanter « Joyeux anniversaire » à la sortie d'un restaurant, tu as vaincu ta peur du vide pour m'accompagner en parapente. Tu disais que rien n'était trop beau pour moi, pour nous. Que toutes les folies de la terre ne seraient jamais assez pour célébrer notre chance de nous être trouvés ! On se mangeait, on se buvait, on se dansait, on s'enivrait. De nos corps, de nous, de notre amour.

Pourtant cet amour a failli une fois, une seule, se casser.

Pour toi, vivre à deux, vivre vieux ensemble signifiait mariage. Tu rêvais d'un seul nom sur notre boîte à lettres, tu me dessinais des alliances en diamants flamboyants. Je refusais l'idée même du « oui » devant un maire ou un prêtre pour assurer notre avenir. Pour ce que j'en connaissais, le mariage présageait habitude, manque de désir, abandon.

Alors un matin, tu as fait tes valises. J'ai cru que tu me charriais. Avant de claquer la porte, tu m'as dit avec toute la tendresse du monde dans ta voix, et l'amour de l'univers dans ton regard :

—C'est ta peur ou c'est moi. Je ne veux pas partir, Chloé. Je t'aime. Au-delà de ce qu'il est possible d'imaginer. Tu es ma raison de me lever le matin. Mais l'amour, c'est à deux qu'il se construit. Et tu ne veux pas construire. Tu veux regarder demain comme une enfant, sans conséquences et sans logique. Moi je veux tout de toi, même ce que tu ne penses pas pouvoir offrir. Je pars. Pour que tu comprennes que toi sans moi ou moi sans toi, cela n'a pas de sens.

Abasourdie, je ne comprenais pas ce qui t'avait amené à ce geste extrême alors que nous essayions déjà depuis quelques mois d'avoir des enfants. On voulait des tas de mini-toi et de mini-moi qui courraient partout. Qui enchanteraient nos jours et pourriraient nos nuits. Si c'est dans les épreuves qu'on reconnaît la force de l'amour… On n'a pas été très forts à ce jeu. Ton absence d'aujourd'hui ressemble à celle d'alors. Violente, indescriptible.

Le soir de ton départ, je faisais un véritable remake du *Journal de Bridget Jones* : pot de glace aux pépites de chocolat dans une main et télécommande dans l'autre, quand une nausée monstrueuse a eu raison de mon estomac. Des petits signes se sont alors accumulés chaque minute de notre séparation : une main qui se posait instinctivement sur le ventre quand quelqu'un me bousculait dans le bus, la fatigue qui me prenait tous les soirs à la même heure, m'obligeant à faire des siestes éclair dans le vestiaire du restaurant, les seins gonflés et tendus comme deux pastèques trop mûres. Si l'idée d'un haricot qui poussait dans mon ventre devenait obsédante, je refusais tout de même d'y croire, n'envisageant pas une seconde que nous ne puissions pas vivre cela à deux. Pendant un mois, je me suis convaincue que je n'étais pas enceinte. Et puis un soir, trop fatiguée, je me suis fait remplacer au restaurant. J'ai pris le métro, pressée entre une envie de pleurer toutes les larmes de mon corps et de vider mon estomac des nausées qui m'épuisaient. En passant devant la pharmacie, j'ai hésité avant d'entrer et de demander à voix basse un test de grossesse. La pharmacienne m'a posé quelques questions, que je trouvais très indiscrètes. Je baragouinais des réponses, lui faisant comprendre que son opinion n'avait que peu de valeur à mes yeux. Comme elle me tenait la jambe, j'ai fini par la menacer de faire pipi dans son magasin.

Seule assise sur les W.-C., j'ai attendu… le petit bâton bleu. Qui a illuminé ma vie. Qui a décidé de notre sort. Qui m'a aidée à prendre LA décision.

J'ai posé un jour de congé, je suis allée chez le coiffeur, j'ai choisi, dans mon armoire, la robe qui te rendait dingue, je me suis légèrement maquillée, j'ai pleuré de joie, de peur, d'angoisse, d'excitation, j'ai enlevé les traces de mascara sous mes yeux gonflés et je suis venue te faire ma déclaration.

J'ai patienté longtemps à la sortie de ton bureau. Les minutes rythmaient la valse des émotions qui se bousculaient dans ma tête et mon cœur. Je savais ce que je voulais, mais n'était-il pas trop tard ? Accepterais-tu de me pardonner ? De revenir vers moi ? Quand tu es enfin apparu, je t'ai trouvé tellement beau, j'ai pris de plein fouet toute la douleur de ton absence pendant ce mois écoulé. Te voir t'avancer avec ton assurance naturelle, ta mèche rebelle, et ton sourire si doux m'a bouleversée plus que de raison. Tu étais l'homme de mes rêves, mon grand amour. Le seul, l'unique, celui qui serait pour l'éternité mon amant, mon ami, mon compagnon.

Je me suis avancée vers toi. Quand tu m'as enfin aperçue, tu as ralenti le pas. Ton attitude entière a alors changé. Comme si le poids de notre rupture te pesait trop. Tu semblais hésiter entre joie, peine, questions par milliers, attente. L'attente que je venais enfin combler. Tes collègues se sont écartés, formant autour de nous une ronde discrète et protectrice.

—Salut…

Le timbre de ta voix était chaud, mais le ton, distant :

—Que fais-tu là ?

Il était temps. De te dire, de te prouver. Que tu avais raison. Que j'avais tort. Que nous deux, c'était plus fort que l'univers. Que sans toi, il manquait une partie de moi. Alors j'ai mis un genou à terre... Dans tes yeux, l'interrogation se mêlait à la surprise. J'ai tenté un sourire crispé. Après tout, mon adage n'était-il pas que le ridicule ne tue jamais, surtout quand il s'agit de récupérer son homme ? J'ai pris une grande inspiration. J'ai sauté dans le vide :

—Ce n'est un secret pour personne. Je t'aime. Tu es celui qui me fait rire, qui me rend folle d'amour, qui me réchauffe les pieds, qui m'apporte mon café au lit, qui me pique systématiquement toutes mes frites, qui me fait découvrir des standards du rock, qui accepte de regarder trois soirs de suite une comédie romantique pour me remonter le moral. Tu es celui qui me comprend sans un mot, qui me soutient toujours, tu es l'homme le plus généreux, le plus aimant et le plus drôle que je connaisse. Tu es celui qui m'a convaincue qu'être deux, c'est être plus grand que tout, qu'être à deux, c'est construire demain ensemble. Tu m'as offert ton amour immense et lumineux sur un plateau d'argent. Tu m'as acceptée telle que je suis. Bornée, un peu folle, utopiste, socialiste et orpheline. Tu m'as ouvert les portes de ta famille alors que je ne connaissais même pas la définition du mot.

Je reprenais mon souffle et guettais ta réaction. Je devinais ta souffrance, que je voulais abréger au plus vite.

—Aujourd'hui, je viens te demander pardon. D'avoir douté que nous puissions être les meilleurs, que notre amour ne soit plus grand, plus magique, plus héroïque que le quotidien et la routine.

Tes yeux me suppliaient d'arrêter la torture. En tremblant, toujours à genoux, j'ai sorti un écrin, et je t'ai offert une bague. En or blanc. Simple.

—Épouse-moi, sans chichi, sans tralala. Épouse-moi pour le meilleur et pour le pire, surtout le meilleur. Pour des années de parties de jambes en l'air, de fous rires, de films d'action et de week-ends improvisés. Épouse-moi, je prendrai ton nom et je garderai ma liberté d'exister. Épouse-moi et je te promets de t'offrir un amour sans fin, joyeux, enivrant, déroutant et gourmand.

Tes joues mouillées de larmes de joie, tu as attrapé mes mains pour m'aider à me relever pendant que tes collègues applaudissaient. Notre baiser fut le plus fort, le plus intense, le plus merveilleux. Les félicitations pleuvaient, on te tapait dans le dos, on me claquait la bise alors même que tu n'avais pas encore donné ta réponse. Puis le vide s'est fait autour de nous, encore enlacés, retrouvant la chaleur de nos corps réunis et assoiffés par l'absence. Mais avant que tu ne parles, et que tu ne me dises oui, j'ai sorti un autre paquet de ma poche et tout en l'ouvrant :

—Épouse-moi aussi pour des nuits blanches. Épouse-moi aussi pour des caprices. Épouse-moi aussi pour des biberons et des couches jetables. Épouse-moi aussi pour regarder ensemble dans la même direction grandir un petit haricot.

Nos sanglots se sont mêlés aux rires, les baisers avaient le goût du sel et du bonheur à venir. Nous ne nous sommes plus jamais quittés et n'avons jamais reparlé de ce mois passé l'un sans l'autre. Comme s'il n'avait jamais existé.

Arrêter de penser à toi, à nous. Arrêter de me souvenir de notre vie parfaite, de cet amour indestructible qui faisait de nous des surhumains. Je survis maintenant.

# 8
# Renée

J'avais trente-huit ans, j'étais célibataire, non par choix, mais par cocufiage avéré. J'étais devenue le cliché même de la femme ambitieuse que son mari a trompée et remplacée par un modèle plus jeune.

J'avais, toute la journée, palabré devant un comité de direction dont j'étais le seul membre féminin. L'expérience m'avait appris à les attaquer dans leurs points faibles : moi. Robe rouge portefeuille, Louboutin, brushing impeccable, maquillage discret sublimé par une touche de rouge à lèvres, deux gouttes de N° 5 derrière les oreilles. J'aimais imposer ce contraste entre mon corps de femme, que je savais désirable, et l'attitude professionnelle qui faisait ma réputation et mon succès. Mais ce jour-là, j'avais donné plus que d'habitude, j'avais voulu me prouver que rien ni personne ne pouvait me résister, j'aurais conquis le monde si j'avais pu. Une rumeur courait, que je voulais oublier : mon ex serait bientôt papa. J'étais épuisée. Dans le taxi qui me ramenait à l'hôtel, j'avais regardé Paris défiler devant mes yeux, ne souhaitant qu'une chose : prendre un bain dans la grande baignoire de ma chambre et me faire porter un hamburger et des frites bien grasses accompagnées d'une bouteille de champagne. Mon téléphone bipait, m'envoyant des notifications de messages, que je pensais tous être le résultat de ma présentation du jour.

Bravo Renée, vous avez été comme d'habitude éblouissante.
Grâce à vous, la société va signer un gros contrat.
Réfléchissez à votre avenir.

Mais le dernier provoqua une violente nausée.

Renée, il faut qu'on signe les papiers du divorce.
Je vais avoir un bébé.

Ce n'était donc pas une rumeur. Le salaud. Non seulement j'étais cocue, mais il n'avait pas attendu que le divorce soit prononcé pour mettre sa maîtresse enceinte. Je fus à nouveau prise d'un haut-le-cœur. Je demandai au chauffeur de s'arrêter et me précipitai hors de la berline pour prendre une bouffée d'air et ne pas vomir. Sur ce trottoir parisien, en bordure de la Seine, la tour Eiffel illuminant la ville de sa majesté et de sa grandeur, je n'étais plus la femme d'affaires sûre d'elle, je n'étais qu'un ventre vide que la nature refusait de remplir. Je n'étais qu'une coque que les hommes désiraient, mais dont le cœur voulait cesser de battre.

—On peut y aller, madame ?

Le conducteur me rappelait à l'ordre.

Je traversai le hall de l'hôtel, l'âme dévastée par le chagrin. Sans y réfléchir, je me dirigeai vers le bar. Je n'avais pas envie de parler, pas envie de me livrer, pas envie d'expliquer. Je voulais mourir. Oui, mourir de peine, mourir d'oubli, ne pas me réveiller pour ne pas avoir à me rappeler que celui avec qui j'avais vécu dix-huit ans allait en épouser une autre, et qu'avec elle, il réaliserait enfin son rêve de famille tandis que la solitude resterait ma seule perspective.

L'endroit chic, cosy, discret était vide. Je m'installai au bar, comme dans un film de série B, je commandai une vodka pure.

—Je peux vous accompagner ?

J'allais envoyer promener l'intrus. Sans doute un de ces commerciaux qui espéraient tirer leur coup. Je me retournai vers l'inconnu. Un homme, plus jeune, beau avec son costume impeccable et sa mèche blonde qui refusait de tenir en place. Sur son visage, j'ai lu ma tristesse, dans son sourire, j'ai reconnu mon désespoir. Nous étions deux êtres distincts, on ne se connaissait pas, mais nos peines ne formaient qu'une.

—Avec plaisir.

Il n'y avait pas de désir, pas d'attirance, simplement cette nécessité d'exister dans le regard d'un autre. J'avais envie de le protéger de lui-même, comme je voulais que quelqu'un me protège.

Nous avons bu, nous avons dîné, j'ai commandé mon burger, il a préféré le vin au champagne. Sans appréhension, je lui livrai mon désespoir, mon mariage avorté, il me parla de sa vie, de ses rêves, de cet espoir qu'il avait encore que la vie lui offre ce dont il rêvait. Je n'avais rien à lui offrir, il ne pouvait me donner que quelques heures de compagnie innocente. Le temps s'écoulait dans la lenteur de notre souffrance. Nous étions ivres, mais pas d'alcool. Déboussolés par cet impératif d'être seul à deux, de se refléter dans la blessure de l'autre. La séduction s'est installée, mais elle n'était ni belle, ni moche, ni intense, ni lente, elle n'était que l'évidence de nos blessures. Ni l'un ni l'autre n'avions jamais trompé nos partenaires, nous ne connaissions pas les règles de ce jeu de dupes, nous n'écoutions que nos cœurs meurtris qui palpitaient au rythme de nos confidences.

Il était temps de se dire au revoir, de rompre le charme, de se quitter et ne plus jamais se revoir. Avec la délicatesse de sa jeunesse, avec la maladresse d'un désir nouveau qu'il ne maîtrisait pas, il replaça une mèche derrière mon oreille. Sa peau chaude m'électrisa, mais nous étions dans un grand hôtel parisien, et même si la clientèle bien-pensante était couchée depuis longtemps, il était hors de question de se donner en spectacle. J'appuyai sur le bouton de l'ascenseur, je pris sa main, et l'entraînai dans la cabine. Je n'avais pas ressenti une onde de désir aussi puissante depuis si longtemps, je ne voulais, je ne pouvais pas passer à côté. Tant pis pour les conventions, tant pis pour ma réputation, tant pis. Je voulais vibrer sous les mains de ce jeune inconnu, je voulais qu'il caresse ma peau, embrasse mes lèvres, je voulais redevenir femme.

Il n'y eut pas de « tu » et pas de prénom, ni cette première fois ni celles qui suivirent. Nous voulûmes dans notre jeu rester personne. Et pendant la durée de mon séjour parisien, je laissais mon presque inconnu me rejoindre chaque nuit dans mon lit, comme une amante soumise. J'aimais cette aventure, ce parfum d'interdit qui me faisait vibrer, qui me faisait renaître. Qui bouleversa à jamais mon existence.

# 9
# Chloé

À peine un mois que nous t'avons dit adieu. Notre vie ressemble à un cauchemar. Les nuits sont terribles et je ne dors pas malgré l'épuisement. Je tente de relever la tête, de reconstruire un peu de normalité autour des enfants et moi, mais c'est dur, très dur. Basile se lève chaque nuit, et part à ta recherche dans son sommeil. Parfois, il se réveille et pleure de toute son âme d'enfant qui se demande pourquoi la vie est si cruelle. Théo est de plus en plus en colère. Tout est bon pour lui faire péter les plombs et sa violence nous assomme, son frère et moi. J'aimerais exploser, j'aimerais qu'on crie tous les trois, qu'on expulse cette fureur, cette boule qui nous bloque la gorge, qui nous empêche de respirer. Mais il est encore trop tôt, nous n'avons pas sombré assez profondément. Nous ne sommes pas prêts à nous séparer de cette douleur paralysante. Car l'accepter et la laisser partir, c'est aussi te dire encore un peu plus au revoir et commencer à vivre les souvenirs avec plus de douceur et moins de peine.

Je profite des insomnies pour tenter de faire des calculs…

Les agents immobiliers se succèdent à la maison pour faire des estimations : je les laisse faire, je réponds aux questions sur l'isolation, la date des travaux. Parfois, je m'enferme le temps de reprendre un peu mon souffle. Ils sont trop nombreux, ils me donnent l'impression d'être des rapaces se jetant sur une carcasse tiède. Mais je dois fournir ce qu'on appelle une estimation « patrimoniale » afin de pouvoir ensuite mettre la maison en vente. Et quand, la nuit, j'arrive à sombrer dans un sommeil agité, je te retrouve toujours. Je commence par deviner ta présence, une silhouette familière. Tu viens vers moi, tu me souris, tu tends la main vers moi, mais nous n'arrivons pas à nous atteindre, comme si une frontière invisible nous séparait. Puis quand enfin je sais que je peux te toucher, tu ne souris plus. Ton regard est triste, et tu murmures en boucle « Pardon… » C'est toujours à ce moment précis que je me réveille.

« Pardon… »

J'ouvre les yeux et je pleure.

Tous les matins, je me lève et j'essaye d'affronter sans toi ce monde, qui continue de tourner, avec nous dessus, bancals, handicapés du deuil. Mais aujourd'hui, un rayon de soleil a planté les graines d'une nouvelle étape par le biais d'un simple appel téléphonique.

D'abord, j'entends un bruit de fond, ça rit, ça parle fort, et puis une voix, que je ne connais pas, un peu cassée comme enrouée par des années de fête et de cigarettes.

—Chloé… Cau… Cauzec ?

—Oui.

—Bonjour, je suis Patricia. Je suis productrice pour la chaîne Téva, vous connaissez ?

La télé ? Mais pourquoi ? Le ton rapide et déterminé de mon interlocutrice me déstabilise un peu.

—Euh… oui, bonjour.

—Oui alors voilà, nous mettons en place une nouvelle émission. Une espèce de talk-show un peu sur le principe de *C à vous*, vous connaissez ?

Je ne sais pas si la Patricia en question attend vraiment une réponse de ma part. Elle semble lancée comme un TGV.

—Euh, oui.

—Bon, enfin, cette nouvelle émission, qui se passera autour d'une table, sera dans le genre « on prend un café et on papote », vous voyez ? continue-t-elle de sa voix rauque.

Je réponds par un silence interrogatif.

—Oui, vous voyez, quoi, on voudrait proposer à nos invités de découvrir de nouvelles recettes. De la pâtisserie, en fait, et… bref, on a cherché sur le Net, on a repéré votre chaîne. Vous avez beaucoup de succès ! s'écrie la productrice d'un ton surexcité.

À mon tour d'être impatiente de comprendre ce qu'elle me veut. Une chaîne, une télé, une émission, mes pâtisseries… Je me tais, espérant la suite.

—Bref, est-ce que cela vous dirait de devenir pâtissière sur une vraie chaîne du câble et de proposer des recettes élégantes, mais faciles à réaliser avec nos différents invités ?

Ouah… Ouh la ! Palpitations, excitation, organe qui s'emballe, je ne suis pas loin de la tachycardie. Pourtant la seule réaction dont je semble capable est la peur :

—Euh… C'est… c'est inattendu, c'est-à-dire que…

Une chose est certaine, Patricia n'est pas du genre à renoncer ni à s'entendre dire non.

—Je vais être claire, Chloé. Vous êtes belle, vous avez du talent, vous passez bien à l'écran, même sans maquillage. On vous veut. On a une proposition financière à vous faire. Vous pourrez garder votre chaîne YouTube et si tout se passe comme prévu, à la fin de l'année on sortira un livre de vos recettes présentées pendant la saison. Avouez quand même que c'est tentant ?

Le plateau d'argent est servi, madame. Et je suis seule pour en profiter.

—Oui, en effet. Je vous remercie d'avoir pensé à moi, vraiment. Mais, c'est compliqué à expliquer… Je traverse une période personnelle très… difficile… Enfin, ce que je veux dire, c'est que je suis très intéressée, mais…

Me prend-elle pour une enfant gâtée ? A-t-elle peur qu'à trop me presser, je dise non ? La productrice change de ton pour s'adoucir et me dire d'un débit toujours aussi rapide, mais d'une voix plus maternelle :

—Oui, oui, bien entendu, je comprends, je comprends… Bon, c'est presque Noël. Passez les fêtes et appelez-moi avant la rentrée pour qu'on se rencontre. Les premiers essais se feront en janvier.

—OK, super. Merci !

Si tu étais là, je sauterais dans tes bras, on ouvrirait le champagne, je courrais partout dans la cuisine en hurlant « youpi tralala ». Mais… je suis seule dans la cuisine, et toi… Tu es deux bons mètres sous terre. On sonne à la porte. Je n'ai pas le temps de savourer cette perspective inattendue qui tombe à pic et qui m'ouvre des possibles sans toi que je n'aurais jamais imaginés. Je fais face aux derniers agents immobiliers venus estimer notre maison.

Tu es encore revenu dans mes rêves… Tu sais, si je dois avancer, il va falloir quand même que tu songes à me laisser dormir… « Pardon »… encore… « Pardon », toujours ce mot que tu prononces et qui me réveille.

Une lettre est arrivée ce matin. Une lettre du notaire. Une grosse enveloppe. Bizarre, nous avons déjà fixé un rendez-vous. Il ne m'a pas parlé de papiers spécifiques. Pour le moment, les enfants sont à l'école, et dans un élan de lucidité, j'ai commencé à penser à l'avenir, celui qui se dessine tous les matins et que je refusais jusqu'ici d'affronter. Je bosse une recette pour Noël, je dresse des listes de « pour et contre », émission télé ou pas émission télé ? Ouvrir des ateliers supplémentaires ? Mais où, maintenant que la maison va bientôt être mise en vente ? Trouver un nouveau logement, un autre « chez nous sans toi »… Je laisse l'enveloppe dans un coin de la cuisine, je peux me permettre de procrastiner, que peut-il y avoir de plus grave ?

La soirée a été terrible, Théo va passer en commission éducative. Mesure exceptionnelle à cas exceptionnel.

Il a littéralement cassé la gueule d'un petit con qui se moquait de Basile en le traitant d'orphelin. La directrice a jugé que Théo avait des circonstances atténuantes, mais qu'elle ne pouvait tout de même pas accepter son comportement agressif. Quand il est rentré, son pantalon et son blouson déchirés, je n'ai pas su quelle attitude adopter. Lui faire la morale, le féliciter d'avoir pris la défense de son frère ou l'engueuler ?

Je n'ai pas vraiment eu le temps de tergiverser : il a explosé.

—C'est un connard, ce mec ! Il mérite bien ce que je lui ai fait !

—Oui, mais il vaut peut-être mieux régler les problèmes autrement qu'avec ses poings, chéri… Au final, c'est toi qui es puni…

Il y a tant de colère dans sa voix, presque de la haine dans sa posture. Droit, les poings serrés, il me provoque, il veut se battre encore. Mais cette fois contre moi.

—Tu parles ! Qu'est-ce que tu en sais, toi ? T'es pas dans la cour ! Et puis tu t'en fous !

—Théo !

—Quoi ? C'est pas vrai ? Toujours occupée à autre chose, tu vois pas ce qui se passe, tu es bigleuse !

—Comment ça, occupée à autre chose ?

—Ouais, tu t'en fous de nous… pourquoi c'est pas toi qu'es morte ?!

La claque. Elle est partie. Je la regrette déjà. Qui est-ce que je veux punir ? Lui, d'avoir défendu son frère, de souffrir ? Moi, de ne pas me sentir à la hauteur ? Toi, de nous avoir laissés ? Le silence qui suit le bruit de ma main sur sa joue est étouffant. Il faut le briser, il faut que je parle, que je lui ouvre la voie de la colère, qu'il se lâche, qu'il nous permette, à son frère et moi, de dire tout ce qu'on tait.

—Mais... pourquoi tu me dis ça ?

—Tu pleures jamais ! T'es même pas triste que Papa soit plus là, tu fais comme si tout était normal ! Mais moi, je veux mon papa !

Basile a les yeux baissés, les larmes sont des cascades sur ses joues, Théo me renvoie tout le silence que je leur offre depuis ton départ. À vouloir les protéger de ma douleur, j'ai exacerbé la leur. À tenir debout coûte que coûte pour qu'ils s'accrochent à moi, ils m'ont trouvée raide et sans émotion.

—Oh mon ange... Ton papa me manque à chaque seconde, j'ai du mal parfois à respirer tellement il me manque. Mais je ne voulais pas vous faire subir ma peine. Je préfère pleurer dans mon lit pour avoir le sourire et la force de m'occuper de vous... J'ai peur de ne pas être à la hauteur, de ne pas réussir à vous donner tout l'amour que vous méritez et je pensais que vous alliez bien, que vous réussissiez à vivre...

Comment consoler mes deux amours ? Comment les rassurer ? Théo parle, il dit avec rage, avec puissance, avec la volonté de me blesser pour me réveiller.

—Non, non, on va pas bien ! Pas bien du tout ! Basile, il pleure tous les soirs et tous les matins dans la cour. Moi, j'ai peur que tu sois partie aussi demain. Je veux Papa, je veux Papa, je veux Papa !

Il hurle de toutes ses forces, et sa haine et sa colère nous font un bien immense. Il crache nos angoisses, notre douleur. Il nous assomme de sa violence. Il a raison. J'essaye de le prendre dans mes bras, il se débat. Mais peu à peu, il s'accroche à moi, les pleurs, la chaleur de son petit corps me bouleversent, me foudroient d'amour pour eux. Basile s'est doucement approché de nous, ses bras nous entourent, comme si du haut de ses neuf ans il voulait nous donner plus de force et de courage. Il demande :

—Maman, tu l'aimes encore, Papa ?

—Je l'aimerai toujours.

—Vraiment ?

—Oui… Il était mon amour, mon meilleur ami, il était mon pilier…

Ils attendent que je leur dévoile sans filtres mes sentiments, ma peine, mon amour.

—Maman… alors cela veut dire que tu es toujours triste ?

—Oui.

—Et tu pleures ?

—Oui, tous les soirs.

—Pardon Maman.

Théo a murmuré, conscient de ce qu'il vient de m'infliger, avec le besoin total que je lui pardonne.

—Oh mes bébés ! Ne dites pas pardon. Vous avez raison de crier, de pleurer. Vous venez de perdre votre papa, c'est naturel d'être triste, d'être en colère. Mais nous devons nous faire une promesse. Tous les trois. Parlons-nous. Racontez-moi vos sentiments. Dites-moi quand ça ne va pas et quand ça va. Et surtout, ne vous sentez pas coupable d'avoir envie de rire, de vivre, de recommencer à être heureux. De là-haut, j'en suis sûre, votre père ne veut que notre bonheur.

Nous nous accrochons tous les trois à ce qu'il nous reste de toi, c'est-à-dire nous. Nous sommes ta famille sans son pilier, nous devons nous reconstruire.

# 10
# Renée

— Vous êtes enceinte.

Mon médecin fixait l'écran de l'appareil d'échographie comme s'il s'agissait d'un trucage et que ce qu'elle y voyait n'existait pas vraiment. Sur mon ventre, elle promenait la sonde enduite de gel froid, elle allait et venait, repartait.

—Renée… Vous êtes vraiment enceinte !

Elle était presque plus émue que moi, comme si elle réalisait un exploit : moi, sa patiente depuis quinze ans, stérile, dont les ovaires refusaient de fonctionner, moi, qui étais venue pleurer dans ses bras lorsque mon mari m'avait trompée et délaissée, son cas récalcitrant, sa mauvaise statistique, j'étais enceinte.

Je fixais l'écran en noir et blanc, je ne disais rien, obstinément silencieuse, refusant de comprendre les mots qu'elle répétait, la voix perchée dans les aigus.

—Renée ?

Je déglutis. Ouvrir la bouche et oser poser la question donnerait une réalité à ce rêve :

—Mais… comment est-ce possible ?

Ma voix était un filet à peine audible. Mon médecin se pencha alors vers la machine que j'avais tant redoutée, toutes ces années de frustration et de déception, et tourna un minuscule bouton. La pièce s'emplit alors d'un son rapide, exigeant, pressé. Le cœur de ce bébé que je portais. De ce bébé que j'avais tant voulu et auquel j'avais fini par renoncer, cet embryon tapait du pied, faisait du bruit, demandait une place dans mon ventre rebelle et dans ma vie.

## 11

*Chloé, mon amour, ma folle, mon cœur, ma joie d'exister, ma vie.*

*Si tu lis cette lettre, c'est qu'il m'est arrivé quelque chose. Et s'il m'est arrivé quelque chose et que tu lis cette lettre, c'est... c'est que je n'ai pas eu le courage de te dire la vérité.*

*Toi et moi, nous... ce tout qu'on ne pensait qu'un. Notre amour insubmersible, indestructible, tout ce que l'on n'a pas eu besoin de construire parce que cela tombait dans nos mains sans efforts. Notre couple. Notre famille. Notre vie.*

*Je n'aurais jamais pensé qu'à moi seul, je pouvais tout détruire.*

*Pardon... Pardon de t'avoir menti. Pardon de ne pas être celui que j'avais promis. Aujourd'hui, tu vas me lire et tu vas comprendre que je t'ai trahie. Et je sais le mal que je vais te faire. Je sais qu'après cette lettre tu en auras fini avec notre amour. Mais il ne s'agit plus simplement de nous, de toi et de moi. Il ne s'agit plus seulement de protéger nos sentiments. Cela va au-delà de nous, de notre histoire, de notre vie.*

*Nous n'avons JAMAIS discuté de ce qui s'était passé pendant ce seul mois où nous avons été séparés. Jamais... Comment a-t-on fait ? Je ne sais pas. Mais ces trente jours que nous avions si bien rayés de nos mémoires, comme une erreur de parcours, une impasse dans laquelle nous avions vite opéré un demi-tour pour reprendre la bonne route, ce mois m'a rattrapé. Bien malgré moi. Contre moi. Le 20 juin 2016 exactement. Il a suffi d'un appel et ce tout petit laps de temps m'est revenu comme un boomerang.*
*Un mur qu'on ne peut pas éviter.*
*J'avais quitté l'appartement parce que tu ne voulais pas te marier, et fier et immature que j'étais, j'avais pris le risque de te perdre. J'avais installé entre nous le silence, la distance. Plus un mot, plus un signe. Et même si cela venait de moi, je traînais notre séparation comme un poids bien trop lourd. Et si je m'étais trompé ? Et si tu ne me revenais jamais ? Chaque réveil sans toi était une déchirure profonde. Alors un soir, seul dans un bar, j'ai joué un scénario de mauvaise comédie de série B. J'ai rencontré Renée. Une banale et triste histoire de deux cœurs brisés qui se consolent au détour d'une beuverie.*
*Pas de sentiments, peu de paroles, juste deux chagrins et deux corps qui avaient besoin de fusionner pour passer à autre chose. Je ne t'en dirai pas plus, parce qu'il n'y a rien à en dire. Nous n'avions pas prévu de nous revoir, nos confi-*

*dences honteuses devant rester le secret d'un échec inavouable.*
*Elle est vite repartie chez elle, à Lyon, reprendre le cours de sa vie, et toi… Toi, tu es revenue vers moi, deux petits haricots dans ton ventre, et notre avenir flamboyant entre tes mains. J'ai oublié. Sincèrement. Un dos-d'âne sur une route quelconque sur lequel on est vite passé. J'ai sans doute voulu t'en parler, mais je ne me souviens pas. Tu m'avais offert les plus merveilleux cadeaux de la terre. La vie a repris ses droits et j'ai laissé filer, j'ai remisé dans un coin de mon esprit ces quelques jours qui n'avaient été, au fond, qu'une voie sans issue lugubre.*
*Et puis, il y a eu ce 20 juin. Un appel de Renée. Six ans après.*
*Elle a une fille, qui est malade et qui a besoin d'une greffe de rein. Il lui faut quelqu'un de compatible.*
*Et ce quelqu'un peut être moi. Parce que je suis le père.*
*Ne hurle pas, ne déchire pas la feuille.*
*Je t'en supplie, mon amour.*
*Ce fut un choc pour moi, et je ne sais pas comment te le dire autrement qu'en écrivant exactement ce que j'ai ressenti et vécu. Je lui ai raccroché au nez. Je ne pouvais, ne voulais pas croire ce qu'elle m'avouait, après tant d'années.*
*Puis, poussé par une mauvaise conscience qui ne m'a plus quitté, j'ai rappelé. Je l'ai écoutée. Je me suis mis à sa place. J'ai compati à son*

*angoisse, j'ai imaginé ce que ce serait si Basile et Théo étaient malades. Je lui ai demandé un temps de réflexion que sa fille n'avait peut-être pas, mais qui était nécessaire pour prendre la pire et en même temps la plus généreuse décision de ma vie. Me taire, te cacher la vérité et sauver une enfant.*

*J'y suis allé. J'ai revu Renée, je l'ai détestée, car elle était le souvenir oublié d'un désespoir qui se transformait en un cauchemar. Je n'ai pas voulu voir sa fille tout de suite. Cela aurait donné une réalité à ce qui me semblait encore impossible. J'avais si honte. Honte d'être ce genre d'homme qui a un gosse caché, honte d'être le père inconnu, honte de n'avoir rien dit lorsque tu m'as demandé en mariage. Cette petite faisait de moi un menteur. J'ai fait le test.*

*Pas de bol, j'étais compatible. Que pouvais-je faire ensuite ? Revenir à notre vie parfaite et faire comme si de rien n'était ou donner mon rein et faire toujours et encore comme si de rien n'était ? Il me fallait d'abord des prétextes.*

*Tu me détestes... Je le sais parce qu'en te faisant mes confessions, je me méprise.*

*À cet instant précis où j'ai eu les résultats du test, où j'ai compris que je tenais entre mes mains la vie d'une enfant, la mienne, même si je ne la connaissais pas, je suis entré dans un engrenage de mensonges que seul cet aveu post-mortem peut faire cesser.*

*Pour donner mon rein, pour partir loin de toi et de nos enfants, un soir, en rentrant du travail, je t'ai servi un verre de vin et t'ai raconté cette belle histoire, le premier des milliers de mensonges qui allaient suivre : traumatisé par la mort d'un camarade d'école de commerce des suites d'une maladie rénale, je m'étais inscrit, bien avant notre rencontre sur une liste de donneurs. Je pouvais être contacté n'importe quand et n'importe où.*
*Mais je n'ai jamais été assez altruiste pour offrir mon corps à la science. Non, je n'étais pas cet homme bon et généreux que tu vantais auprès de nos amis. J'étais un affabulateur assommé par la honte et la peur. J'ai simulé, j'ai caché, j'ai arrêté de dormir. Pendant que toi, amoureuse et confiante, tu t'inquiétais de ma santé, des répercussions de ce don sur mon physique, que tu prenais soin de ma cicatrice. Plus tu m'aimais et m'admirais, plus je me sentais lamentable.*
*Pourquoi ?*
*Pourquoi n'ai-je pas simplement réussi à te dire : « Eh chérie ! Tu ne connais pas la meilleure ? On a été séparés un seul petit mois pendant les quinze dernières années, eh ben figure toi que j'ai quand même réussi à mettre en cloque une inconnue ! »*
*Suis-je responsable de cette grossesse ? Suis-je coupable d'avoir cherché un peu de réconfort quand nous étions séparés ? Est-ce cette erreur de parcours ou le silence qui a suivi qui est le plus important ?*

*Je vivais dans la terreur. De te perdre, de perdre notre vie, les enfants, ton amour. De te mentir plutôt que de te voir me juger. Cacher pour ne pas briser notre famille parfaite. Je ne t'ai même pas laissé le choix. Je sais que j'ai eu tort, mais à l'heure où je t'écris, c'est encore plus dur de t'avouer ma faute.*
*Il faut que je te parle d'elle. De Charlotte. Ma fille. Elle n'a qu'un mois de différence avec les jumeaux. Et... je l'aime. C'est une fillette courageuse, qui a surmonté la maladie avec grâce. Qui a compris, sans jamais accuser, que j'étais son père et que je ne serais qu'une figure absente de sa vie. Après avoir fait sa connaissance, après avoir été insomniaque des semaines et des semaines, après avoir caché la vérité à ma famille, à la seule femme que j'aie jamais aimée, j'ai pris la décision d'avoir une double vie. Celle avec vous, les jumeaux et toi : ne jamais trahir le serment que je t'ai fait d'être là, de te soutenir et de t'aimer par-delà tous les obstacles. Et puis celle avec Charlotte : quelques jours volés par-ci par-là pour elle.*
*Ne te blâme pas, ne te demande pas comment tu n'as rien vu : mon travail m'obligeait à voyager, il me suffisait de m'organiser et de faire régulièrement du travail à distance lorsque j'étais à Lyon.*
*Charlotte est ma fille.*
*Je dois donc être prévoyant pour elle au même titre que pour toi et nos garçons. Renée ne m'a jamais rien demandé, elle a élevé seule cette*

*enfant, elle est capable de continuer sans moi, mais ma conscience et mon cœur me dictent d'assurer un minimum à Charlotte. C'est pour cela, mon amour, que si tu lis cette lettre, c'est que je ne suis plus là, et qu'il reviendra au notaire de t'expliquer en détail ce que j'ai prévu. Une assurance pour les garçons et toi, et une petite partie pour Charlotte. Qu'aucun de vous ne manque de rien. C'est aussi pour te demander, quand tu ne seras plus en colère, quand tu pourras repenser à moi sans brûler mes photos, de rencontrer Charlotte, et de lui présenter ses frères, dont elle connaît l'existence, dont elle sait les petits défauts et les belles qualités. Vous êtes tous les quatre mes amours. Mes piliers. Je sais, cela te semble intolérable pour le moment. Je sais, et j'en suis tellement désolé. Je n'aurai pas assez de l'éternité pour obtenir ton pardon et te prouver à quel point je t'aime. Mais s'il te reste encore un tout petit peu d'amour pour moi, penses-y.*

*Je t'aime, aujourd'hui, demain, hier, pour l'éternité.*

*Claude*

## 12
# Renée

Charlotte est née avec une dysplasie rénale multi-kystique : l'un de ses reins était recouvert d'un énorme kyste qui empêchait son fonctionnement normal. Jusque-là, rien de bien grave, cela nécessitait juste un suivi régulier. Mais son second rein n'était pas aussi solide qu'il aurait dû pour compenser. Elle était sujette aux fièvres, et devait avoir une alimentation assez stricte.

Nous vivions avec, et nous étions heureuses. Jusqu'au 18 juin 2016.

—Charlotte va perdre en autonomie, son rein ne fonctionne plus du tout, il faut trouver une solution. Vous devez vous préparer à des mois et des semaines difficiles.

Je n'étais pas étonnée. Les signes se faisaient de plus en plus nombreux. Malgré tout, la douleur et l'angoisse me serraient si fort la poitrine que je manquais d'air. Je voulais que le médecin déroule son plan d'action : il ne pouvait pas me laisser dans ce couloir de la mort sans me tendre la main et me proposer une solution, une vraie. Mais il s'obstinait dans un silence bien plus violent que son annonce.

—Combien de temps ?

L'homme s'est levé. Il fut un temps, pendant une des périodes bénies où ma fille semblait guérir, où nous avions flirté. Il était bel homme, le cheveu tirant maintenant sur le gris, et portait une fine paire de lunettes rondes cerclées d'un métal argenté. Il avait la voix douce et je me suis souvent demandé ce qu'il pourrait me dire au creux de l'oreille dans un moment de véritable intimité. Ce jour-là, le 18 juin 2016, lorsque le grand spécialiste de Lyon a fait le tour de son bureau pour prendre ma main, et venir contre moi, j'ai juste ressenti un grand froid.

—Combien de temps ? ai-je répété, insistante, presque agressive.

—Tu sais aussi bien que moi que cela ne fonctionne pas ainsi.

Il était passé au tutoiement, avait franchi cette limite entre médecin et patient pour m'offrir une épaule, un réconfort. Il a pris une profonde inspiration.

—Trouvons un donneur, trouvons enfin une solution qui lui permette de vivre comme une petite fille normale.

Un donneur. Nous savions que cela ne pouvait pas être moi. Ma santé fragilisée par des années de traitements de fertilité ne le permettait pas. J'ai repensé à son père. À ce jeune homme fougueux qui m'avait fait l'amour pendant des jours à Paris, qui était amoureux d'une autre et espérait la faire changer d'avis sur le mariage. J'ai repensé à la joie d'être enceinte, à ce miracle que la vie m'offrait, puis le cauchemar quand les tests intra-utérins avaient décelé le problème et que ma grossesse inespérée s'était transformée en formulaires médicaux, en antécédents, dont la moitié me restait inconnue, comme son père.

Quand Charlotte est venue au monde, quand ma fille merveilleuse est née, la seule chose qui s'est imposée à moi, c'est la force de mon amour pour elle et tout ce que je me sentais capable de réaliser pour qu'elle grandisse et soit épanouie. Je n'étais plus une simple femme d'affaires, une *success woman*, j'étais la maman de Charlotte. Dans cette vie que je croyais réduite à ma solitude, elle m'a sauvée.

Cela a été si facile de le retrouver. Il m'a suffi de taper son nom sur Internet. L'écran m'indiquait ce qu'il était devenu professionnellement. Obtenir ensuite ses coordonnées complètes *via* notre réseau professionnel était si aisé qu'en d'autres circonstances cela m'aurait fait rire. Je n'avais aucun mérite dans ma quête, il n'y avait pas d'exploit à aller sur Google, pas de montagnes à franchir à pied, de dangers immenses à éliminer. Pour retrouver le père de ma fille, le seul qui pouvait lui sauver la vie, il ne m'a fallu que cinq minutes.

J'ai encore le souvenir tangible de mes mains moites, de ma voix éraillée, de cette peur qui attaquait chaque cellule de mon corps, le faisant trembler comme s'il était gelé. Comment annonce-t-on à un amant d'un soir qu'il est père et que sans lui son enfant va mourir ? Comment accepte-t-on en tant que mère de dépendre de cet inconnu ?

Il a décroché en donnant son nom, le son de sa voix m'a renvoyée sept ans plus tôt, nos corps qui se cherchent, notre désir d'aimer quelqu'un, ses mains qui parcourent mon corps et ce premier orgasme qui nous a laissés inertes, anéantis de pouvoir encore ressentir autant de plaisir.

—Bonjour Claude. C'est… Renée.

Le souffle qui s'arrête. Le sien qui devient soupir. Je me mettais à sa place : quand le passé revient comme un boomerang.

—Bonjour Renée. Que… Enfin que me vaut cet appel ?

Il avait raison : *straight to the point*, comme on dit. J'ai débité d'un seul trait, sans respirer mon laïus : la découverte de ma grossesse, le choix de garder cette enfant, Charlotte, puis la maladie et maintenant le spectre de la mort.

—J'ai besoin de toi, Claude. J'ai besoin que tu fasses le test de compatibilité, que tu lui donnes un espoir.

Il a eu la décence de ne pas me faire le coup du « Mais tu es certaine que je suis le père ? », il a eu la décence de ne pas remettre en question notre liaison, aussi éphémère qu'elle ait été, mais il n'a pas eu le courage d'affronter la vérité. Je n'avais pas le temps de le laisser s'apitoyer, les jours de ma… notre fille étaient en danger. Un temps que nous n'avions pas, mais que je devais me forcer à lui accorder pour qu'il accepte.

## 13

# Chloé

La lettre gît par terre. Je n'ai pas repris mon souffle, je l'ai lue d'une traite, comme engloutie par les mots, le mensonge, la violence de la révélation. Je ne suis pas en colère. Je suis triste, profondément triste. L'amour de ma vie est décédé, et je viens de perdre mon mari. Il a trahi notre serment. Ne jamais se mentir, tout se dire même quand ça fait mal. Il n'a pas eu assez confiance en moi pour m'avouer une aventure. M'avouer une enfant. Son enfant. Qui n'est pas la mienne, mais celle d'une inconnue.

Paradoxalement, alors que je suis aux prises avec un flot de sentiments contradictoires, cette nuit, j'ai bien dormi. Tu n'es pas venu me rendre visite cette nuit, espèce de lâche. Ta bombe a explosé au milieu de mon cœur déjà ravagé et toi, tu ne viens plus me demander pardon. Je me sens presque soulagée. Tu m'as donné une bonne raison de ne plus te pleurer.

Et voilà la colère, la rage même. Depuis deux ans, tu me mens. Tu caches un autre amour. Aussi fort que celui de notre famille. Tu nous as trahis. Les enfants et moi. Comment vais-je les regarder en face ce matin au petit-déjeuner et leur avouer ? Salaud. C'est bien beau de mourir et de me laisser ta merde. Pas la peine de prendre tes grands airs de là-haut. J'ai le droit de t'en vouloir, j'ai le droit de te détester. Oui ! Toi, tu es sous terre, pépère. Plus d'emmerdes, plus de conscience à soulager. Tu me laisses seule, encore une fois.

Mais je me tais, je ne dis rien. Que dire, comment le dire ? J'ai besoin de digérer avant de pouvoir affronter face à eux une autre vérité que celle que nous connaissions jusqu'alors. Je dois aussi appeler ce p… de notaire. Qui s'est bien gardé de me dire que le pire restait à venir. Et je dois comprendre aussi ce que tu entends par « tout prévu ».

Ben mon cochon, tu peux te vanter de continuer à me surprendre même du fond de ta tombe ! La conversation avec maître Renard, cela ne s'invente pas, est… explosive.

—Madame Cauzec…

—Maître Renard…

—Vous avez lu le courrier ?

—Oui… et je ne suis, comme qui dirait, pas loin d'avoir une envie de meurtre.

Il prend une grande respiration avant de continuer :

—Je comprends…

Plus qu'agacée, je rétorque d'un ton sec :

—Vraiment ? Vous croyez ?

—Oui, votre mari est venu il y a quelques mois faire un testament chez moi et…

—Et ?

—Madame Cauzec, je comprends, je vous assure. J'ai pu voir que votre mari était au plus mal concernant cette… autre enfant.

C'en est trop pour moi. Je dois cracher ma haine à quelqu'un, tant pis pour maître Renard. Ma voix est agressive, perchée dans les aigus :

—Je veux juste savoir. Vous que j'ai eu plusieurs fois au téléphone déjà, cela ne vous choque pas de m'avoir menti ? Parce que, vraiment, compatir à ma peine tout en sachant que je vais recevoir encore plus de coups dans la gueule…

—Madame Cau…

—Cela suffit ! Le bon côté des choses, c'est que cela me pousse à régler la succession maintenant ! Je dois vendre la maison, déménager, je veux donc savoir au plus vite quand on se voit pour signer et en finir…

—Cela n'est pas si simple, madame…

Sans lui laisser le temps de finir, je hurle dans le combiné :

—Oh, mais si ! Rien à foutre, du reste. Mon devoir, c'est de protéger mes enfants et c'est ce que je vais faire, croyez-moi !

—Oui, c'est ce que voulait votre époux aussi… essaye-t-il de me convaincre.

—Ah bon ? Comment ? En volant une partie de ce qui leur revient pour le donner à une inconnue ? Sans blague…

Le notaire prend le temps de répondre, mais son ton hésitant n'est pas très convaincant :

—En fait, oui… c'est ça… si vous voulez bien juste…

Je l'interromps :

—Non je ne veux pas. Je crois qu'on s'est assez foutu de ma gueule.

—Madame Cauzec, écoutez-moi. Votre mari a déposé un testament en règle, il a aussi ouvert une deuxième assurance vie. Nous devons nous voir, mais il a demandé la présence de la mère de Charlotte.

—Pas question !

Et puis quoi encore ? Tu pensais qu'on allait se faire un câlin et devenir les meilleures amies du monde, cette... Renée et moi ?!

—Vous ne comprenez pas. Vous bénéficiez encore de quelques mois pour régler la succession, mais plus vite vous accepterez, plus vite...

—En gros, je me fais avoir sur toute la ligne ?

—Ce n'est pas ce que j'ai dit...

Tu m'aimais, non ? C'est ce que tu m'as dit tous les matins pendant quinze ans, que tu m'aimais... Et tu me trahis... Je ne sais pas ce qui me met le plus en colère... Le silence, le mensonge, le manque de confiance, la prévoyance...

Je n'ai pas le choix. Je dois rencontrer l'autre. La mère. Celle qui a engendré une quasi-jumelle de nos fils. Et eux, bordel ? Tu y as pensé ? Comment les aider à se reconstruire dans leur deuil si je ne crois plus en toi...

## 14
# Maxence

Noël est là. Avec son lot de bonnes intentions et d'attentions trop lourdes à gérer. Chloé a téléphoné pour dire qu'elle viendrait avec Basile et Théo. J'en suis heureuse. Les parents ont besoin de cet élan de vie. Je suis épuisée par leur chagrin. Ils sont en boucle. Un disque rayé qu'il est impossible d'arrêter. Papa radote sur le choix de sa bru de rester en région parisienne alors qu'il serait si facile de vivre ici. Tu parles ! Il n'a pas idée de ce que cela signifie, d'être à leur service ! Maman, elle, trie : les photos, les albums, les chaussettes, les photos de nouveau, les albums de BD que Claude avait laissés traîner à la cave, les cadres, les piles. Elle trie, elle garde, elle trie, elle garde. Tous les deux vivent dans un bocal. Mais depuis l'appel de Chloé, ils semblent vouloir ouvrir les fenêtres et laisser entrer un peu d'air pur.

J'essaye de garder la tête froide, de prendre du recul. De ne pas en vouloir à mon frère, mort, d'être idolâtré dans l'au-delà et en démesure, à mes parents d'être vieux et tristes au point d'oublier les vivants, de m'oublier, moi, d'oublier leurs petits-enfants, MES enfants, ceux qui vivent à côté, et surtout de ne pas détester ma chère belle-sœur. Elle est veuve après tout et mérite un tant soit peu de compassion.

Ils débarquent tous les trois. Trois moineaux serrés les uns contre les autres. Mais Basile et Théo semblent plus sereins que leur mère. Ils ont envie de rire et de vivre. Retrouver leurs cousins et organiser des jeux leur font vite oublier l'absence de leur père. C'est cruel, mais c'est mieux ainsi.

Chloé est dévastée. Je le lis sur son visage, mais aussi dans son attitude. Elle est la représentation parfaite de « n'être que l'ombre de soi-même » : amaigrie, des cernes sous les yeux et si tendue ! J'ai pitié. De quoi est-ce que je me plains ? J'ai mon mari, moi ! Je n'ai pas de problèmes d'argent, pas de soucis à me faire pour l'avenir ! Elle semble si fragile que j'ai envie de la serrer dans mes bras.

Je l'observe.

Elle tremble, elle ne dort pas, mange peu, sur ses gardes. Elle cache quelque chose. Je sais qu'elle adore mon père et ma mère, qu'elle a pour eux deux une affection sincère. Ils sont les parents qu'elle n'a pas eus et notre famille représente à ses yeux un idéal qu'elle ne pensait jamais atteindre. Je le sais, Claude m'en a parlé lors d'un de ses rares moments de confidence. Je l'ai surprise à observer Maman, les larmes aux yeux, à se détourner des cadres de photos qui ont envahi la maison et qui lui rappellent sans cesse ce qu'elle a perdu. Mais elle sait que notre famille est sa famille. Avec ou sans Claude : Basile et Théo sont les liens qui nous rassemblent. Je crois que nous arrivons à un point de connivence. Plus d'une fois, elle est venue m'aider, ou alors, était-ce une échappatoire ? Je la plains. Je ME plains.

Le soir du réveillon, je me lève de table pour éviter d'entendre encore et encore les mêmes commentaires, les mêmes regrets, les mêmes peines. Papa et Maman sont en boucle, reléguant les vivants dans un coin du salon.

—Il a le regard de son père…

—Claude était tellement généreux et si drôle…

—Claude n'aurait pas fait les choses ainsi…

—Nous avons prévu de ne pas servir de foie gras, car Claude n'aimait pas ça…

Et tant pis si moi, j'adore ça ! Si on aime tous ça ! Je ronge mon frein. Dans la cuisine, Chloé vient me voir.

—Je suis désolée.

La sincérité de son ton me percute de plein fouet : ce n'est pas une simple formule de politesse, elle me dit du fond de ses tripes à quel point elle est désolée.

—Ce doit être… si dur. Et c'est si… injuste !

Dans sa colère, je reconnais la mienne. Si je m'étonne de son soudain rapprochement et de cette empathie nouvelle, en réalité, cela me fait bien fou. Elle me serre dans ses bras. Je suis décontenancée, et je sens que l'émotion que je contiens en permanence pourrait m'échapper.

Pour tenir le coup et ne pas m'effondrer devant elle, j'essaye de reprendre une certaine distance, je me répète que cela ne va pas durer. Notre « complicité » est de circonstance. Nous n'allons pas nouer plus de liens. Je sais bien ce qu'elle pense de moi : pimbêche, frigide, incapable de se détendre. Et elle a raison. Mais son attitude m'interroge. Est-elle intéressée ? A-t-elle besoin de quelque chose qu'elle n'ose pas demander ? Nous profitons du fait que nos enfants s'entendent bien pour nous jauger, comme deux chats qui se défient, et je ne crois pas me tromper en disant que je découvre une autre Chloé. Elle semble être descendue de son trône de princesse, la brutalité de la vie l'a rappelée au sol.

Je fais ce que je peux pour la tenir à distance, mais elle est tenace. Elle vient m'aider à la maison, propose un cours de pâtisserie à nos garçons (à la fin, nous buvons du vin et mangeons trop de chocolats de Noël), et nous faisons de grandes promenades, seule manière de s'évader de la maison et des radotages de Papa et Maman.

Nous sommes les pieds dans la terre des sentiers de forêt. Mon mari a emmené tous les enfants voir le dernier Disney au plus proche cinéma du coin, les parents sont partis brûler des cierges à l'église pour Claude puis ils vont ensuite au traditionnel goûter des vétérans du village. Nous sommes donc en tête à tête. Bon gré mal gré.

—Nous avons les mêmes vacances en février. Je peux prendre Basile et Théo si tu veux.

J'ai dit ça sans réfléchir, pour combler le silence. Est-ce qu'elle s'en rend compte ?

—Claude n'était pas parfait. Je l'aimais de tout mon cœur, tu sais.

Son changement de conversation m'intrigue, mais une fois de plus je constate qu'elle parle avec son cœur. J'ai d'un coup la nostalgie de leur couple, de ce qu'ils dégageaient ensemble. Cette assurance, cette fusion.

—J'ai rarement vu un couple aussi uni. Vous en étiez aussi touchants qu'agaçants. Vos mamours, vos sourires entendus. J'ai souvent pensé que tout cela ne durerait pas. Il n'était pas possible d'être aussi fusionnels dans le temps.

Je fais une pause. Notre nouvelle complicité me pousse, moi aussi, à la sincérité.

—Mais en fait, vous étiez réellement faits l'un pour l'autre. Je suis fière de vous avoir connus ensemble et j'espère de tout cœur qu'un jour, tu retrouveras l'amour.

Chloé me fixe. Elle a un drôle d'air, entre souffrance et agacement.

—J'en suis loin. J'ai bien d'autres choses à reconstruire avant.

—Oui, mais tu es beaucoup plus forte que tu ne crois. Tu as toujours mené tes projets malgré votre vie de patachon, avec les enfants.

Elle baisse la tête et se remet à marcher, vite, trop vite :

—Sa mort, c'est comme une petite mort pour moi. Je me suis réveillée tant de matins, désespérée de ne pas l'avoir à mes côtés.

Ainsi, c'est l'heure des confidences ? En d'autres temps, je me serais agacée qu'elle veuille pleurer dans mon giron, mais aujourd'hui, je suis émue d'être son réceptacle.

—Tu vas t'en sortir parce que tu as les jumeaux et que tu les aimes plus fort que tout.

—Oui, tu as sans doute raison, mais il va falloir affronter aussi une autre réalité. Et celle-ci est vraiment…

—Le deuil n'est pas facile, mais…

Chloé me coupe.

—Non, écoute-moi s'il te plaît. J'ai reçu une lettre de Claude. *Post-mortem* si on peut dire. Envoyée par le notaire.

Je suis en face d'elle, si proche que je pourrais la prendre dans mes bras et la consoler aisément de son chagrin, mais elle est en position de guerrière. Je tente de la rassurer.

—Il avait tout prévu ? Cela ne m'étonne pas, je savais qu'il ne pouvait pas imaginer vous laisser sans…

Mais de nouveau elle prend la parole, cette fois-ci sur un ton très agressif :

—Tu ne comprends pas. Enfin oui, il a tout prévu, mais pas simplement pour les garçons et moi !

—Comment cela ?

—Il y a un autre enfant. Une fille.

# 15
# Chloé

Je crois que je n'ai jamais vu ta sœur sans voix, sans réponse toute faite. Elle est blanche, elle cherche un arbre contre lequel s'appuyer. Le choc l'empêche de parler, mais je devine qu'elle attend de moi que je lui en révèle plus. Alors je déballe presque mot pour mot ta lettre, cette petite fille dont je ne connaissais pas l'existence puisque tu as choisi de me la cacher. Les larmes dégoulinent sur ses joues. Elle ne dit rien, elle me regarde, ses yeux me demandent pourquoi je lui avoue à elle. Je n'ai pas envie de regretter maintenant. Le poids est trop lourd. Je chuchote presque :

—Pardon… mais j'ai besoin d'aide pour savoir ce que je dois faire. Je voudrais pleurer Claude. Il y a une semaine encore, je voulais mourir et le rejoindre le plus vite possible. Là, tout de suite, j'irais presque faire exploser sa tombe pour me venger de cette douleur supplémentaire qu'il m'impose.

Les mots sortent, et je parle de plus en plus fort comme pour crier ma haine.

—Comment je gère avec les garçons, comment je fais pour assumer cette autre enfant ? Je n'ai pas envie de la connaître, ni elle ni sa mère courage.

Maxence est toujours sous le choc, d'une voix livide, elle essaye de parler :

—Mais… Vous n'avez été séparés qu'un tout petit mois…

—Oui, mais tu sais bien qu'il suffit d'un seul tir pour marquer !

Je lui ai répondu d'un ton brusque, mais un énorme fou rire s'empare de nous. Gras, sauvage, incontrôlable, mélange de sanglots et d'hilarité, de rage et de soulagement. Toutes les deux, nous sommes collées l'une à l'autre et j'ai envie de te dire merci pour ce petit moment de pur bonheur sadique. S'esclaffer de colère, il n'y a rien de tel pour désamorcer une grosse crise. Quand enfin nous séchons nos larmes, que le rire s'apaise, nous repartons bras dessus bras dessous. Unies dans ton secret, soudées par le soulagement de savoir que finalement, tu n'étais pas si parfait.

De retour chez tes parents, nous nous isolons encore. J'explique à ta sœur que je refuse d'en parler aux jumeaux pour le moment. Ils recommencent à vivre à peu près normalement. Des jeux et des rires d'enfants, des cavalcades dans la maison. Je lui raconte qu'au retour des vacances, la maison sera en vente, qu'il me faudra trouver un appartement. Que les enfants devront apprendre à être plus autonomes, qu'on m'a proposé cette émission, que j'accepterai parce que l'on va avoir besoin de tout l'argent possible… En lui parlant, je me rends compte que je retrouve une nouvelle aspiration à l'autonomie financière, comme à nos débuts, comme quand j'ai été abandonnée par mon père. Maxence m'écoute, m'oriente, me guide, s'offusque du mensonge que je veux imposer aux enfants et à tes parents. Même s'ils ne l'aiment pas à sa juste valeur, elle ne leur veut que du bien et elle pense qu'une petite-fille pourrait leur rendre un peu le sourire.

Quand la nuit est tombée, que les enfants tapent des pieds parce qu'ils ont faim, que les disputes grondent derrière chaque jeu, et que ton père est venu trois fois nous demander ce qu'on mangeait, nous sortons enfin de notre repaire. L'œil un peu morne, mais complice. Ta sœur esquisse un merci. Mais de quoi ? De la mettre dans la même galère que moi ?

Les jours suivants ont continué sur le rythme lent de la vieillesse prématurée de tes parents. Les jumeaux ont passé beaucoup de temps avec leurs cousins, j'ai cuisiné des gâteaux. Je teste de nouvelles recettes, sans gluten, très à la mode. Beaucoup de mes clientes « chics » de la région parisienne en sont friandes, et je peux me vanter d'avoir trouvé le parfait équilibre entre le goût et le sucré, entre l'esthétique et les contraintes que le manque d'élasticité du sans gluten impose. Avant ton décès, j'en avais déjà fait une spécialité. J'ai donc décidé, grâce aux bons conseils de ta sœur, de relancer la machine. C'est au milieu des essais pour ma nouvelle recette de cookies sans gluten, dans la cuisine sans âge de tes parents, que je compose le numéro de la production. J'étais persuadée qu'au milieu des vacances de Noël, Patricia me raccrocherait au nez, m'enverrait bouler. Qui travaille à Noël ?

—Allo ?

—Oui bonjour, Chloé Cauzec…

—Oh oui ! Chloé ! Oh ! Je suis ravie que vous me rappeliez, enfin ! Je parlais de vous encore hier !

La productrice ne me laisse pas le temps de répondre et enchaîne :

—Vous avez réfléchi à ma proposition ?

—Euh… oui, enfin.

—Parfait ! Écoutez, je vous propose un rendez-vous juste à la rentrée, OK ? On se voit, on parle de notre projet, et vous nous apportez des recettes inédites, OK ?

Je n'ai pas dit oui, mais elle n'a pas dû envisager un seul instant que je refuse. Elle va trop vite pour moi et je n'arrive à placer qu'un vague :

—Euh… oui.

Une pause, on dirait qu'elle attend plus de moi, mais comme je me tais :

—OK super ! On se voit le 8 janvier à treize heures, ça vous va ?

Je réfléchis rapidement à mon agenda avant d'acquiescer.

—Parfait, c'est noté.

—Génial ! À très vite alors. *Ciao*, Chloé, ravie de travailler avec vous !

Je reste, encore un petit moment, accrochée à mon téléphone, interdite par autant de nervosité. Je me tourne vers ta sœur, qui est arrivée pendant ma conversation.

—T'as entendu ?

Elle éclate de rire et me serre dans ses bras.

—Vu le niveau de décibels de la dame, je n'en ai pas raté une miette !

Sa spontanéité et son geste tendre me détendent d'un coup. Et tu sais quoi ? J'ai de nouveau eu la foi, en moi, en mon talent, en notre avenir, en demain. C'est une véritable décharge électrique, les recettes s'imposent d'elles-mêmes, cela explose comme un feu d'artifice dans ma tête. Et c'est contagieux ; Basile et Théo et leurs cousins m'aident, ta sœur nettoie (toujours), et même ta mère participe en goûtant, et en pochant les cartouchières. Mon idée est simple, mais efficace, une gamme de charlottes : tiramisu, chocolat macaron, framboises sans sucre, café orange, noisette façon Paris-Brest.

La fin des vacances est gourmande, généreuse, fondante et magique. Au moment de nous dire au revoir, ta sœur et moi pleurons sans retenue, cette complicité découverte, cet amour trahi, tes parents qui vont reprendre sans attendre leur chemin vers la tombe, elle qui n'a pas envie de perdre une amie, et moi qui n'aurais jamais pensé m'en faire une.

C'est dans le train du retour, que l'ironie m'a sauté au visage : de tous les gâteaux il a fallu que je choisisse la charlotte…

# 16

# Renée

Si j'avais eu le choix, j'aurais donné sans hésiter mon rein à Charlotte. Je n'aurais jamais repris contact avec Claude et pris le risque qu'il me dise non. Si j'avais eu le choix, j'aurais évité qu'il puisse entrer dans nos vies et perturber notre équilibre. Je ne voulais pas partager mon enfant, mon miracle avec un autre, avec un inconnu. Que savais-je vraiment de lui ? M'avait-il dit la vérité sur sa femme ? N'était-il pas un de ces dragueurs de bar qui jouent sur la corde sensible des femmes croisées pour « tirer un coup » ? Le trouver sur Google et savoir qu'il avait un bon job ne me garantissait pas sa valeur morale.

Mais je l'ai appelé, j'ai décroché mon téléphone parce que si on en croyait les statistiques, il était le mieux placé pour être compatible et pouvoir donner son rein. Je n'avais pas le choix, je n'avais pas le droit de défaillir. Par amour pour ma fille, je devais être prête à tout.

Après le choc de l'annonce, après celui de ma demande, il a pris un train, il est venu. Il n'a pas été chaleureux ni enthousiaste, il n'a pas voulu rencontrer sa fille. Je refusais de porter un jugement, car je le comprenais. J'avais pour ma part aussi menti à Charlotte, en ne lui parlant pas de son père, en ne lui révélant pas qu'il pourrait être le donneur. J'avais écarté cette probabilité si loin que jamais elle n'aurait pu soupçonner qu'il se trouvait dans la chambre à côté de la sienne.

L'attente des résultats. L'angoisse. Ma fille courageuse.

Et puis la bonne nouvelle. Claude pouvait être le donneur. Il a passé des entretiens, rempli des formulaires, vu un psychologue, signé les papiers. Pendant tout ce temps, il m'a demandé de ne pas le contacter, que nos rapports ne soient que ceux d'étrangers n'ayant rien en commun. Il voulait se donner l'illusion d'être le bon Samaritain. Il m'avouerait bien plus tard qu'ainsi il n'avait pas le sentiment de trahir Chloé et ses fils.

—Le père a accepté.

Sur le moment, je ne me suis pas interrogée sur les mensonges qu'il avait pu raconter pour pouvoir s'absenter si longtemps loin de chez lui, comment il avait justifié un don de rein à une « inconnue ». La vérité, c'est que je m'en moquais : non seulement il rendait ma fille à la vie, mais en plus il ne me réclamait rien. Enfin, il ne m'a rien réclamé jusqu'au matin de l'opération. Il m'a appelée.

—Renée, je veux la voir.

Non ! Pas maintenant ! Pas alors que l'opération comportait des risques et que Charlotte pouvait souffrir d'une infection qui lui ôterait alors toutes les chances. Je l'ai haï. Du plus profond de mon être. J'étais terrorisée et j'avais beaucoup de mal à garder une apparence sereine en face de Charlotte.

—Je sais, ce n'est pas le moment, a-t-il repris devant mon silence obstiné, mais… j'ai réfléchi, et si demain je devais mourir ou si elle ne supportait pas la greffe, je… je veux la rencontrer, je veux pouvoir posséder un seul souvenir d'elle.

Pendant notre fugace aventure, Claude m'avait impressionnée par la lucidité qu'il avait de ses propres défauts et son désir profond d'offrir à Chloé une vie proche de l'utopie tant il souhaitait qu'elle soit parfaite.

On n'a rien dit à Charlotte. Il s'est présenté comme le gentil monsieur qui allait lui donner son rein. Mais au regard qu'elle a porté sur lui, à sa manière de pencher la tête sur la droite, j'ai compris qu'elle savait. Elle a joué le jeu, elle est restée silencieuse, mais ses pupilles brillaient. Elle venait de trouver une raison de plus de se battre et de vivre.

Les heures qui ont suivi, j'ai tourné en rond, rongé mes ongles comme si j'étais une ado, mangé des chips et bu du Coca. J'ai prié aussi. Pour que ma fille survive. Pour que la greffe soit un succès. Quelque part, quelqu'un a entendu mon cri de mère en détresse.

Par la suite, pendant sa convalescence, Claude a tenu sa vraie famille à distance. Et parce qu'ils ne se mentaient jamais et que leur relation était basée sur une confiance aveugle, Chloé n'a jamais remis en question l'ordre de ne pas venir soutenir son mari et surveiller sa cicatrisation. Est-ce qu'avec le recul elle se sent idiote ? Cela ne me regarde pas. Tout ce qui compte, c'est que Claude a pris ce temps pour rencontrer sa fille, et apprendre à l'aimer. Leur complicité et la sincérité de leurs liens ont été spontanées. Il ne voulait pas lui mentir sur sa vie, elle ne voyait que le bonheur d'avoir un « papa ». Je lui en ai voulu. Il me volait ma fille, il me volait ma victoire, il devenait le héros et moi, je n'étais plus cette mère courage que tous admiraient, ce qui bien souvent m'avait donné l'élan pour avancer. On n'est rien sans le regard des autres.

Il est reparti, puis il est revenu. Une fois, deux fois, puis c'est devenu une habitude, et très vite il a été normal que Claude passe quelques jours par mois à Lyon. Les premiers temps, je n'ai pas été accueillante ni amicale. Il marchait sur mes plates-bandes, il violait mon intimité, il était l'intrus dans le duo que je formais avec Charlotte. Mais le bonheur qu'elle avait à le retrouver, la relation franche qu'ils construisaient m'ont convaincue. Peu à peu, j'ai laissé mon ancien amant devenir mon nouvel ami. Je lui racontais ma vie de femme d'affaires à succès, seule dans son lit tous les soirs, il me parlait de sa famille, et du mensonge dans lequel il s'engluait sans réussir à s'en sortir. Il voulait que Charlotte fasse partie de sa vie, de celle qu'il vivait à 90 % du temps, il ne voulait pas faire d'elle un secret honteux, mais il craignait de perdre Chloé. J'évitais de lui dire ce que j'en pensais. J'étais jalouse. De lui et de l'amour qu'il continuait de ressentir, de Chloé qu'il décrivait comme une femme parfaite et extraordinaire. Et puis je me souvenais de ce qu'il avait été capable de réaliser pour une inconnue et de cet amour qui grandissait entre lui et notre fille. J'observais aussi Charlotte, épanouie, heureuse, sereine, qui ne demandait rien de plus. La maladie lui avait donné ce courage et cette distance sur la vie que beaucoup d'adultes ne sont pas capables d'avoir. Elle savait profiter de ce qu'elle avait.

Et puis, son père est mort, bêtement. Arraché à la vie par un chauffard. Charlotte a beaucoup pleuré. Elle savait qu'elle ne pouvait pas se rendre à l'enterrement, mais m'a demandé d'y aller pour elle. Je me suis fondue dans la masse impressionnante des personnes venues lui rendre un dernier hommage. J'ai vu Chloé presque s'effondrer et ses petits garçons lui donner de la force. J'ai vu le chagrin, la douleur et je savais que je n'avais aucun droit d'en rajouter. Charlotte et moi allions continuer comme on avait commencé. Toutes les deux. Nous devions faire face à un nouveau vide. Claude avait su prendre une place dans nos vies même si elle ressemblait plus à une cachette qu'à un grand morceau de cœur. Je suis fière de ma fille, de sa force, de sa clairvoyance alors qu'elle n'a pas encore dix ans.

Nous repartions elle et moi dans notre vie à deux, amputées certes, mais toujours prêtes à nous battre pour un petit bout de bonheur. Jusqu'à cet appel du notaire. Claude avait tout prévu. Au cas où. Au cas où il partirait avant d'avoir su, pu avouer à sa femme notre existence. Charlotte aurait droit à une petite partie de pension chaque mois. Il voulait s'assurer de jouer un rôle que je ne lui avais jamais accordé. Un rôle de père, par-delà la mort. Mais je devais rencontrer Chloé. Si je n'y étais pas prête en connaissant tout de sa vie, je n'osais même pas imaginer le choc pour elle. Je n'étais pas pressée de savoir, d'ailleurs, si elle nous accepterait, Charlotte et moi. Mais Claude voulait apparemment que tous ses enfants soient un jour réunis. Au fond de moi, je le trouvais gonflé. Il nous imposait par-delà la mort ce qu'il n'avait pas eu le courage de faire de son vivant !

Je n'ai rien dit à Charlotte. Je ne voulais pas lui donner de faux espoirs.

J'ai pris le train. J'ai angoissé. Moi qui n'ai jamais peur de rien. La pro des meetings de haut vol, la cheffe. Je me serais presque fait pipi dessus.

J'étais en avance. Évidemment. Observer l'ennemi tant qu'on peut. Je me répétais en boucle ce que je voulais lui dire. Que je ne voulais pas de cet argent, je n'en ai pas besoin. Mais que Charlotte doit connaître ses frères, que cela n'était pas prévu. Que… Et je l'ai reconnue. Assise dans le café. En face de moi, en avance, elle aussi. Quand elle a croisé mon regard, je ne sais pas si elle a deviné, mais son corps s'est redressé. Prêt pour la bataille. Une bataille que je ne veux pas mener. J'ai attendu qu'elle soit sortie. J'ai même laissé encore passer du temps pour être en retard, et l'autoriser ainsi à me laisser devenir, pour elle, la voleuse d'homme sans respect, celle qu'on a le droit de détester sans rien savoir d'elle. Mais en pénétrant dans le bureau du notaire, j'ai su que je me trompais sur son compte. J'ai vu une femme qui voulait comprendre, savoir, avancer. Quand elle m'a serré la main, moite, son regard était celui d'une enfant à qui on avoue que le Père Noël n'existe pas. Je n'ai aucun souvenir de ce qu'a raconté maître Renard. Nous étions assises l'une à côté de l'autre, nous nous en moquions. Nous voulions juste être seules et nous parler. À cœur ouvert. J'ai rencontré une mère, une amante, une femme qui aurait pu être mon amie. Quand l'homme de loi nous a enfin laissées, le silence n'était pas pesant. Il était nécessaire. Choisir la première phrase, car elle déterminerait tout le reste. Je n'ai pas son courage.

—Je suis en colère. Très en colère, a-t-elle commencé, d'une voix lasse. Pas contre vous, pas contre votre fille, Charlotte… Mais il m'a trahie. Il n'a pas eu assez confiance en nous. Prenez cet argent. Il revient à Charlotte. Elle le mérite. Mais je ne peux vous offrir plus.

Elle a fait une pause, comme si les sanglots allaient la submerger.

—Je dois préserver mes fils du mensonge de leur père. Ils souffrent trop pour le moment. Je ne peux pas leur imposer ça en plus.

Ses cartes étaient posées, à mon tour de dévoiler mon jeu :

—Je ne peux rien exiger de vous, Chloé. Mais vous devez savoir qu'il y a une petite fille qui a déjà beaucoup souffert. De mon égoïsme, je l'ai gardée pour moi seule. De la maladie. Puis de découvrir un père qui ne pouvait pas lui offrir grand-chose et enfin de la mort. Elle, et seulement elle, mérite de vous avoir aussi à ses côtés.

Vous trois. Basile, Théo et vous. Parce que personne ne connaissait mieux son père que vous trois.

À ce moment, je ne pensais qu'à ma fille, qu'à mon enfant, à son désarroi, à l'injustice de la vie et j'en venais presque à attendre la clémence de Chloé.

—Je ne peux pas, je suis désolée, mais je ne peux pas.

Elle s'est levée et est sortie de la pièce. En silence. Je suis revenue à Lyon et j'ai dû avouer à ma fille que sa famille ne se résumait qu'à sa mère. Qu'à moi.

## 17
# Chloé

T'aimer ou te haïr ? Te chérir dans mes souvenirs ou t'effacer ? J'ai rencontré Renée. Je ne t'en veux pas d'être allé voir ailleurs. Je ne t'en veux pas d'avoir couché avec une autre. En plus, tu as bon goût, il faut le reconnaître. Elle en jette, Renée. Une belle femme distinguée, une voix rauque et grave. Une voix posée de femme d'affaires. Ce petit mois. Trente jours à peine. D'un côté, une coucherie, un enfant, et de l'autre, un mensonge par omission et une famille pour la vie. Parfois dans ma colère, j'en viens à douter de la sincérité de ton amour. Comment faire autrement ? Et pourtant, je n'arrive pas à ne plus t'aimer, je ne cesse de pleurer ton absence et d'idolâtrer ce qui me reste de toi. Tu me manques tellement. Malgré tout. J'aurais préféré te hurler dessus, te griffer, te menacer de divorce plutôt que d'être face au deuil et ta trahison. Je t'aime. Ce n'est pas négociable. Tu es moi, tu es mon cœur, un poumon, mon rein (OK, ce n'est pas le meilleur exemple), mon air, la partie tranquille de mon cerveau, ce petit sursaut de sagesse au milieu de ma folie. Je ne peux pas ne pas t'aimer. Alors comment as-tu pu douter un seul instant que me parler était plus difficile que me mentir ? Que n'ai-je pas vu dans notre couple qui t'ait poussé au mensonge ? J'essaye de dormir, mais toutes ces questions me hantent. Et me reviennent alors ces détails, ces absences, ces petits riens sur lesquels j'étais passée, parce qu'éblouie par notre bonheur. Un avion en retard, une conférence impromptue, des clients à revoir. Dans mon cerveau embrumé, notre histoire tourne maintenant à la comédie de Feydeau. Tu m'étais infidèle. Pendant deux ans, consciemment, tu as choisi d'articuler notre vie autour d'un mensonge. Tu as inventé une autre vie professionnelle pour cacher la vérité. Pourquoi ?

La rentrée est chargée : mettre la maison en vente et organiser les visites, commencer à trier, chercher un appartement... Et je reste en boucle sur ton imposture.

Je regarde les enfants, je pointe chaque ressemblance, pour qu'eux non plus, n'oublient jamais d'où ils viennent. Mais leur offrir une sœur ? Une fillette qui est née de ton absence, qui a grandi dans l'oubli et a guéri dans ton mensonge. Je ne peux pas. Je n'en ai pas la force. Tous les soirs, quand les garçons dorment dans leur chambre, quand je suis censée créer des recettes, quand j'aimerais sombrer de fatigue, son idée et sa présence deviennent plus fortes que toi, que ma douleur, que le deuil. Une porte s'ouvre, mais elle me mène à la cave. Lentement, jour après jour, soirée après soirée, je descends ces marches. Pas de lumière, juste mon désespoir. Et quand le jour se lève, je remets mon masque. Celui de la maman qui veut assurer, celui de la veuve qui pleure son mari disparu tragiquement, celui de la pâtissière qui va passer sur le petit écran. Autant de masques pour une seule femme qui cache son désespoir. Les enfants grandissent même si, tous les soirs, tu leur manques à cet instant précis où il n'y a pas l'histoire drôle de Papa pour se coucher, pas les câlins qui chatouillent, et où la course vers la salle de bains n'est plus si amusante. Un voile, le temps de mon baiser, le regard qui se brise comme du verre, la tension du jour qui se déverse d'un coup. Le soir n'est plus tendre, il est triste. Ils me demandent si tu vas bien, ils me redemandent si j'ai encore mal, ils ont besoin de savoir qu'ils ne sont pas les seuls à qui tu manques, alors je fais semblant. Je garde mon masque encore un peu plus. La lumière dans le couloir, la porte entrouverte, je leur envoie tout mon amour dans un petit baiser volant avant de m'écrouler. De pleurer, te pleurer, nous pleurer. La colère ne s'en va pas. Elle ne me quitte plus et devient le mauvais carburant de ma vie. Devenir quelqu'un pour ne plus être seulement ta veuve, être capable de t'oublier pour ne pas repenser à cette trahison. Cette petite fille me hante. Je pleure des torrents et je ne comprends plus pour qui, pour quoi.

Mais la vie reprend ses droits, et tout va tellement vite que je n'ai pas d'autre option que de prendre le train en route et d'accepter qu'il soit plus rapide que mon cœur ne le supporte.

Le rendez-vous avec la production et la fameuse « Pat » a été tout aussi passionnant qu'épuisant. Je suis en avance avec ma panoplie de charlottes. J'ai raconté mon parcours, ma spécialisation dans le sans gluten. On m'a fait visiter un plateau de tournage, un vrai, on m'a montré mes fourneaux, on m'a demandé de créer dès que possible une dizaine de recettes élégantes, raffinées et faciles à faire, avec le détail de chaque étape. On m'a expliqué comment cela se passerait. On m'a présenté le « réal » Stan. Au bout de deux heures, je suis sortie. J'ai soufflé comme une baudruche qui se dégonfle, comme si je n'avais pas respiré tout le temps de l'entretien.

J'ai donc passé des jours et des nuits à créer, comme avant. Et entre deux levées et trois mousses, je visitais des appartements avec Sara qui joue à merveille le chasseur d'appartements pour moi. Et hier, j'ai trouvé notre nouveau nid. Basile et Théo oscillent entre joie et peur.

—Maman, mais… si on quitte la maison, j'ai peur d'oublier encore plus vite Papa.

—Tu ne l'oublieras pas. Il sera toujours avec nous, il est avec nous. Là, dans ton cœur, quand on parle, quand on va choisir les photos à accrocher.

Je leur montre les photos. Je leur explique comment est agencée leur future chambre, et le lendemain, on part visiter ensemble. Ils courent dans l'escalier de l'immeuble. Une vieille dame ouvre sa porte à l'étage en dessous.

—Mais dites donc les enfants, vous vous croyez seuls ici ?

—Pardon, madame, ils n'ont pas l'habitude…

Elle n'est pas très grande, fine. Des cheveux gris tirés en un élégant chignon bas, un jean à la mode et un gros pull noir. Une voix douce, mais ferme, elle me regarde avec une petite lueur amusée :

—De ne pas courir dans l'escalier ?

—Les enfants ! Dites pardon à la dame !

Elle jette un coup d'œil dans l'escalier, mais ce qui l'intéresse, en fait, c'est moi et les réponses que je vais lui apporter.

—Vous achetez au-dessus ?

J'hésite. Vais-je m'en faire une amie si je dis oui ?

—Euh…

—Alors ce serait bien que je fasse connaissance avec ces deux petits garnements si je dois les entendre me courir sur la tête à longueur de journée.

Je ne sais pas si elle est sérieuse, ou si elle me teste. Mais quand j'arrive à capter l'attention de nos fils et qu'enfin ils viennent se présenter, je vois dans le regard de notre future voisine quelque chose qui pétille.

Elle s'appelle Mireille. Elle vit là depuis très longtemps et n'a pas du tout l'intention de déménager. Elle propose aux enfants de passer chez elle après la visite pour lui raconter ce qu'ils en pensent. Le tour de note future maison est vite fait. Un double salon et deux chambres. Basile et Théo se projettent déjà dans leur nouvelle vie.

—Basile n'aura pas peur la nuit, je serai là pour le réconforter.

—Théo pourra mettre le bazar, je rangerai derrière lui.

J'avais imaginé une visite lugubre, encombrée du poids de ton absence, les enfants la transforment en un jeu gai et plein de vie. Ils s'épatent d'avoir un balcon, s'enferment dans les toilettes, et courent du salon à la cuisine.

—Les enfants, arrêtez ! Notre nouvelle voisine va finir par appeler la police !

Quand on redescend d'un étage, la porte de Mireille est entrouverte. Nous toquons, les enfants se sentent déjà comme chez eux.

—Mireille ? Mimi ?

Elle nous attend dans son salon, sur la table sont disposés des petits biscuits secs, une théière.

—Alors, les enfants, racontez-moi, est-ce que l'appartement vous plaît ?

—Oh ! Oui ! C'est beaucoup plus petit que notre maison, mais on adore !

—Tant mieux, mais vous serez gentils de courir en chaussettes, hein !

—Oui Mi…

—Mimi je veux bien, mais ne m'appelez surtout pas Mamie, ça, hors de question, on n'a pas élevé les cochons ensemble.

Les enfants rient. Il se dégage de cette vieille dame quelque chose de sympathique, de rassurant.

—Bon, maintenant vous filez dans le jardin en bas. Vous allez laisser votre maman avec moi un peu, qu'elle souffle, et elle vous rejoint vite. OK ?

Je n'ai pas le temps de répliquer qu'ils sont déjà à la porte.

—Maintenant ma petite, racontez-moi.

Je regarde Mireille, interdite. On ne se connaît que depuis dix minutes et la voilà qui me demande de lui confier toute ma vie ?

—Oh ! Je sais, je suis un peu directe. Mais… je ne vois pas de papa, j'en conclus deux choses. Ou il s'est fait la malle, ou il est mort.

Et un uppercut dans la face. Elle n'y va pas avec le dos de la cuiller, la Mimi. Mon corps hésite entre fondre en larmes, et éclater de rire. Les deux menacent d'exploser en même temps.

—Pardon… Mireille… mais… vous êtes un peu…

—Indiscrète ?

—J'aurais dit cash, plutôt.

—Alors ?

Dire le mot. Le prononcer à haute et intelligible voix. Et mon statut sera concret, officiel.

—Veuve. Je suis veuve.

Je lis l'empathie sur son visage. Puis un beau sourire, réconfortant.

—Désolée, ma petite. Depuis pas très longtemps, j'imagine.

—En effet.

—Bon, moi, je suis veuve, divorcée, séparée, et tout cela sans famille. Je n'ai pas grand-chose à faire de ma vie si ce n'est de m'occuper des autres.

J'ai bien envie de prendre mes jambes à mon cou, Mireille me faisant tout à coup penser à une psychopathe à la retraite. Comme je ne suis pas très bavarde, elle continue sur sa lancée. Elle m'explique qu'elle est bénévole dans plusieurs associations, qu'elle occupe ses journées ainsi et que si je devais avoir besoin d'aide avec les enfants, elle ne serait que trop heureuse de m'aider. Pas trop, parce que les enfants, ça la fatigue vite, elle qui n'en a jamais eu… enfin, qui en a eu un mais… mais je n'aurai pas la suite aujourd'hui, deux tornades sales et hurlantes frappent à sa porte. Il est temps de repartir. Je demanderai à l'agent immobilier s'il a des informations de la part des anciens propriétaires sur cette étrange dame. Déménager, oui, mais pas au-dessus d'une folle en manque d'affection !

# 18

# Charlotte

Maman est triste. Elle ne dit rien, mais elle n'est plus gaie comme avant. Même quand j'étais très malade, elle tentait toujours de me faire rire. Elle trouvait mille idées pour me donner le sourire et me rendre heureuse. C'est à cause de Claude. De mon papa. Que je connais si peu. Parce qu'il est mort. Parce que ses autres enfants ne savent pas que j'existe. Alors Maman est triste. Pour moi. Elle voudrait que je ne sois pas seule avec elle. Elle voudrait que je rie avec les enfants de mon papa. Bien sûr, moi aussi j'aurais aimé. Mais moi, je ne connais que ma Maman, que son courage et sa force. Alors, s'il ne doit y avoir qu'une personne sur terre qui m'aime, je préfère que cela soit toujours elle. Je n'ai connu mon père que deux ans, ce qui est beaucoup si on compare à mon âge. Mais ce qui n'est rien dans tout ce que la vie fait de petites choses. Mon papa ne m'a pas vue naître. Maman était seule. Papa n'a pas été réveillé par mes pleurs. Maman s'est levée toutes les nuits. Papa n'a pas assisté à mes premiers pas, n'a pas entendu mon premier mot, ne connaissait pas le nom de mon doudou ni celui de ma maîtresse de CP. Quand je l'ai rencontré pour la première fois, j'étais sur un lit d'hôpital. Je n'étais pas en grande forme. Et Maman non plus. Elle avait beaucoup maigri, inquiète pour moi, et de ne pas réussir à me sauver. Mais c'est encore elle qui a eu le plus de courage. D'appeler à l'aide. De dire à mon père : « T'as une fille. Elle va mourir si on ne lui donne pas un rein. » Claude n'a pas eu besoin de courage. Il est venu. Il a donné un morceau de son rein, mais il n'a pas fait le plus dur. Raconter à sa famille que j'existais. Je ne lui en veux pas. C'était quand même mon papa, et je suis heureuse d'avoir pu le rencontrer. Même pour de petits moments « volés », même si la mort me l'a pris. Si Maman ne l'avait pas appelé, je n'aurais jamais pu le rencontrer et vivre ces jolis instants avec lui. Si Maman n'avait pas été courageuse, c'est moi qui serais morte. Alors oui, la seule personne que je veux être sûre de garder près de moi, c'est Maman. Comme une fée, elle possède tout l'amour du monde juste dans ses bisous. Et je sais, qu'à chaque fois qu'elle m'embrasse, qu'elle m'enlace fort dans ses bras, qu'elle me parle des étoiles, qu'elle veut en faire briller une un peu plus fort pour me faire croire que c'est Claude qui me dit bonjour de là-haut, chaque fois, je l'aime un peu plus. Mais nous sommes seules. Et moi je me dis que peut-être un jour mon « autre » famille voudra me rencontrer. Peut-être que Chloé, la femme de Papa, lui pardonnera à lui et me demandera à moi de venir. Je prie tous les soirs, je cherche aussi la petite étoile qui brille un peu plus fort. Je demande à Claude de venir lui parler dans ses rêves. Maman et moi, on n'est pas méchantes. On mériterait d'être aimées, un peu plus, par d'autres que nous. Papa me parlait d'eux, de mes frères, il me les détaillait comme on raconte des histoires le soir pour s'endormir.

—Basile et Théo ont le même âge que toi. Basile, c'est un tendre. Il aime les câlins.

—Comme moi !

—Théo, lui, est plus secret, il se met facilement en colère et n'aime pas l'injustice.

—Comme moi !

Je riais toujours de ces points communs.

—Alors moi aussi, je dois être tendre et colérique si mes trois enfants se ressemblent autant, me susurrait-il avec un beau sourire comme pour s'excuser.

—Papa… dis, un jour, je pourrai les rencontrer ?

Il était alors triste. De ne pas être un héros sans doute.

—J'espère. À toi, je peux tout dire. Tu es déjà une très grande. Tu sais ce que la vie vaut. Toi, je peux te dire que je ne suis pas courageux. J'ai peur, tu sais.

—De dire à Chloé que j'existe ?

—Oui…

—Mais ce n'est pas ta faute ! Tu ne savais pas ! Et puis c'est le plus beau cadeau qu'on ait fait à Maman…

—Je sais. Je sais et j'espère vraiment que très vite je pourrais te faire venir chez nous…

—Avec Maman ?

—Avec Maman.

Mais le vite s'est transformé en cercueil. Et moi je me demande comment faire pour que Maman sourie de nouveau, pour que Chloé ne soit plus fâchée. Pour que Basile et Théo aient envie d'avoir une sœur. De m'avoir moi comme sœur. On serait trois, un peu comme les *Triplés* de la bande dessinée. On serait un super trio, on parlerait ensemble et on terminerait nos phrases. On penserait la même chose, on se protégerait après les grosses bêtises et les mauvaises notes. On ferait du skate et du foot. On partirait en vacances ensemble. On irait chez nos grands-parents… Mais eux non plus ne connaissent pas mon existence. J'aurais tellement de choses à rattraper, j'aurais tant de retard dans les souvenirs de la famille, je serais le cheveu en trop sur la soupe… Je suis triste, moi aussi. Très triste parce que je n'ai que Maman dans ma vie. Et que son amour ne comble pas le vide laissé par Claude. Je suis triste parce qu'elle mérite que je l'aime plus que tout et que je rêve de rencontrer le reste de la famille. Parce que cette famille, c'est « ma » famille et pas la sienne. Je suis triste parce que je la trahis tous les matins en espérant qu'elle m'annonce que nous allons à Paris, et tous les soirs en parlant à mon papa en m'endormant.

# 19
# Chloé

Les jours et les semaines qui passent ne me laissent pas trop de répit. La maison s'est vendue en deux heures, et j'ai pu négocier d'emménager plus vite dans notre nouvel appartement en le louant le temps du délai légal avant la signature définitive. Les anciens propriétaires m'ont largement rassurée quant à Mireille en me décrivant une personne serviable, mais au caractère bien trempé. Une vieille dame en manque d'affection que la vie n'a pas épargnée. Nous préparons donc les cartons. La maison se trie, se range, les placards sont éparpillés au sol puis enfermés dans des boîtes. Hier soir, les jumeaux ont sorti les albums photo. Nous avant, nous enceinte, nous à quatre. Ils posent des questions. Ils se collent un peu plus contre moi, ils sourient, ils demandent des anecdotes.

—Nous étions au ski. Il y a eu une grosse tempête et on nous a empêchés de redescendre à ski. On a dû attendre des heures dans un bar en altitude avant de pouvoir rechausser nos skis et retourner à la station.

Basile montre une photo de nous deux sur notre vieux canapé dans l'ancien appartement. Les souvenirs affluent, ils sont aigres-doux.

—C'est l'année avant votre naissance, Papa m'a demandée plusieurs fois en mariage, mais je ne voulais pas.

—Pourquoi ? me demande Théo, très vif.

—J'avais peur de nous enfermer, je croyais que le mariage tuerait notre amour et c'est ce qu'on avait de plus précieux.

Basile passe un doigt sur ton visage, ils sont pensifs.

—Oh… mais pourquoi alors tu as dit oui ?

—Quand j'ai découvert que j'étais enceinte de vous, j'ai compris aussi pourquoi c'était important pour Papa de se marier. Il voulait l'engagement d'une vie pour sa famille, qu'on ne forme plus qu'un pour être quatre, que notre amour soit le ciment de votre vie. Le mariage pour lui, c'était être fier de ce que l'on construisait. Et moi, je comprenais aussi qu'avec vous, notre amour devenait indestructible.

Chaque instant qui me revient me procure cette sensation de manque, me rappelle à quel point j'avais besoin de toi. J'ai mal. Toujours.

—Jamais vous vous disputiez ?

—Non… enfin pas souvent.

—Tu crois que nous aussi un jour on aura un amour comme le vôtre ? intervient Basile, l'air songeur.

—Vous l'avez déjà… vous êtes nés de cet amour. Vous le possédez en vous, il coule dans vos veines. Quand vous rencontrerez la bonne personne, vous pourrez le lui transmettre, le partager et de nouveau le faire rayonner.

Les jumeaux se blottissent contre moi. Une effusion douce qui diffuse du bien-être.

Tu vois, malgré la colère, je n'oublie pas. Toi, moi, nous. Notre amour.

Le reste de mes journées est une course contre la montre. Travailler pour la télévision n'est pas une sinécure et je découvre un monde parallèle, une dimension où la nuit et le jour se confondent, où les détails deviennent ce qu'il y a de plus important. Je travaille et retravaille mes recettes, je prends des photos à chaque étape, puis je les déconstruis pour mieux les présenter sur le plateau de tournage.

La première émission est réalisée dans une semaine, on m'a donné une « feuille de service » qui explique exactement comment va se dérouler notre journée : en gros, chaque séquence va être filmée, découpée et ensuite montée pour donner l'illusion d'une continuité. Ce plan me permet de savoir quand je dois parler, quelle caméra je dois regarder, à quelle étape ma recette doit être avancée. Je suis comme une étudiante la veille d'une soutenance. Stressée à mort, caféinée, shootée au sucre pour tenir. Les garçons rient et se moquent gentiment. La vie a repris comme un ticket d'entrée dans la maison et je nous sens plus légers, plus sereins.

D'ailleurs, je n'ai pas le temps de m'apitoyer, et toi, mon salaud, depuis que tu as lâché ta « bombe », tu ne viens plus m'empêcher de sombrer dans un sommeil profond. Je ne me réveille plus en larmes, plus de « Pardon » au petit matin. Les jours et les semaines avancent, ils nous éloignent toujours un peu plus l'un de l'autre, de la douleur aiguë, faisant doucement place à la tendresse d'un souvenir. Je refuse de penser à Charlotte, je ne veux pas m'en vouloir de me taire et de mentir moi aussi aux enfants. Nous sommes lancés sur une autoroute sans péage, pas de stop, on avance vaille que vaille. Les garçons ont grandi d'un coup. Plus autonomes, ils vivent leur vie, et sont moins tristes. Foot, jeux vidéo, copains. Sara est toujours présente et n'hésite pas à faire la nounou d'appoint quand je suis vraiment dépassée. Je l'envie souvent de continuer à pouvoir vivre normalement et parfois même, je lui en veux, quand je vois qu'elle ne prend pas soin de son couple et que ce dernier se distend comme un élastique usé. Mais même si nos vies sont maintenant à l'opposé l'une de l'autre, je sais aussi que si je tombe, elle sera la première à venir me relever.

Cette période ressemble étrangement à l'œil du cyclone : le calme est si doux, si intense, si silencieux, avant la prochaine tempête ?

Aujourd'hui, je vais tourner le pilote du talk-show, une nouvelle première fois sans toi. Les enfants sont partis à l'école, surexcités, et moi, je n'ai pas fermé l'œil, j'ai mal au ventre de stress. En arrivant au studio, j'ai l'agréable surprise de constater que l'équipe est essentiellement féminine, de la présentatrice aux chroniqueuses. La production joue sur la sensibilité et le côté rassurant qu'une femme apporte au sein de son foyer. Le principe est assez simple. Un invité principal vient faire sa promotion et joue le jeu du divan en livrant des secrets de famille, s'applique à répondre au test de personnalité et réalise avec moi un dessert.

Comme toute l'équipe, je dois m'habiller et me faire maquiller. J'aperçois mon reflet dans le miroir. J'ai perdu mes formes, qui te rendaient fou, je suis maigre maintenant. Mes cheveux châtains sont trop longs et ternes. Mes pommettes saillantes creusent mes joues et mes yeux gris ne reflètent rien. Je prends conscience que les trois mois écoulés ont aussi transformé ma perception du monde. Pour qui voulais-je me sentir belle ? Moi qui aimais tant les séances de massage, les soins chez l'esthéticienne ? Je suis une ombre. Sans plus de relief, la saveur de la jeunesse ensevelie près de toi. La maquilleuse est bien trop bavarde, mais elle a le mérite de faire passer le temps et de ne pas trop me poser de questions. On m'appelle sur le plateau, l'invitée est arrivée, une auteure que j'aime particulièrement, Virginie Grimaldi dont le premier roman, *Le Premier Jour du reste de ma vie*[1], est adapté et sort au cinéma. C'est aisé de parler avec elle, elle sourit, elle est simple et semble aussi dépassée que moi d'être sous la lumière des projecteurs. Le premier dessert choisi est une mousse framboise et mûre avec un sablé au miel et noix de cajou sans gluten et chantilly, vanille de Madagascar. C'est plutôt facile pour un test et surtout, délicieux. J'ai donc dans des frigos sous mon plan de travail toutes les étapes de mon dessert, de la pâte crue aux sablés cuits, de la crème à la chantilly montée, du fruit mûr au coulis à passer. Quand Stan, le réalisateur lance le premier « ça tourne », j'ai le vertige. Tout va très vite, je me sens dépassée par l'enchaînement des séquences, devant intervenir régulièrement et demander à Virginie Grimaldi de me

1 Paru pour la première fois aux Éditions City en 2015.

rejoindre pour lui montrer les étapes essentielles de la recette. Je tente de suivre tout ce qu'on me dit dans l'oreillette. J'ai envie de pleurer. J'ai besoin de prendre l'air, mais ils continuent à tourner. Séquence après séquence. La productrice, Pat, s'énerve. Le réalisateur me lance des tas de : « C'est bien ma chérie, continue. Ne t'inquiète pas ma belle, on rattrapera au montage. »

Une pause. Enfin. Je n'ai pas touché une cigarette depuis ma grossesse, mais je dois faire appel à toute ma volonté pour ne pas courir rejoindre la majorité de l'équipe, agglutinée sous l'auvent de la cour pour griller plusieurs clopes avant de rempiler jusque tard dans la nuit.

On me montre les images tournées le matin. Et je ruine mon superbe maquillage. Devant moi, sur l'écran. Une femme, une vraie. Belle. Une maturité et un regard profond. On y lit la peine, mais aussi la détermination d'aller au bout. Je ne reconnais pas l'ombre du miroir que j'ai croisée plus tôt dans la journée. Les larmes, encore elles, roulent en silence sur mon visage. Stan reste stupéfait et Pat me prend à part. Les mots sortent entre deux hoquets de pleurs :

—Je suis désolée… c'est que… mon mari… il est… il est mort… il y a trois mois… C'est la première fois que je me regarde, et que je vois que je peux réussir. Que je peux avancer et peut-être même vivre sans lui… Pardon, je suis fatiguée, pardon…

Un grand silence règne sur le plateau. Mon micro n'est pas éteint et tout le monde a entendu. Mon interlocutrice me tend un grand verre d'eau.

—Tu es parfaite. Depuis le début, me rassure Patricia, le timbre de sa voix soudain plus tendre. C'est éprouvant et physique, mais tu es la future reine de la pâtisserie française à la télé !

Je lis dans son regard une bienveillance qui me réconforte. Comme si ma faiblesse la rendait plus humaine, elle me serre dans ses bras et me reconduit vers la maquilleuse. Nous reprenons le travail et finissons à pas d'heure. Un taxi me dépose à la maison, vide. Les enfants sont allés dormir chez Sara. Je m'écroule sur le canapé et m'y réveille le lendemain. J'ai un message :

Salut. Nous avons commencé le montage des premières émissions. Si tu veux jeter un coup d'œil, welcome ! C'est top ! Stan (réal)

Ses quelques mots et son enthousiasme me donnent du courage et l'énergie d'y retourner. Nous tournons plusieurs émissions dans la semaine, et je ne vois pas beaucoup les enfants. Je me sens coupable. Ils ne t'ont plus, et je m'envole comme un insecte attiré par la lumière des projecteurs. Mais il n'y a que ma conscience pour gâcher le plaisir, car, pour eux, cette aventure est magique et le matin, au petit-déjeuner, ils me tarabustent et me harcèlent de questions :

—C'était qui, l'invité hier ?

—Attends ?? T'as vraiment croisé Matt Pokora ? Nan, mais attends c'est trop le seum, pourquoi on ne peut pas venir ?

—Et on peut goûter ? Et on peut venir ?

—Oui Maman, dis, on peut venir ?

Ils sont fiers. De moi. De leur maman qui va passer à la télévision, entrer dans le salon par le petit écran, et dans celui de milliers de gens. De pouvoir dire à leurs copains : « Non, ma mère elle peut pas venir à la sortie de classe parce que ma mère elle bosse pour la télé, cheh ! »

Je me couche tard, épuisée, mais aussi portée par ce rythme fou qui révèle le renouveau de nos vies, l'éveil d'un printemps précoce. J'accepte quelques ateliers de pâtisserie à domicile chez mes anciennes clientes parisiennes et jongle avec les horaires des enfants, les réunions et les tournages. Nous appelons aussi tes parents tous les deux jours. Je veux qu'ils se rassurent. Nous allons bien. Pas eux. Ils continuent de sombrer.

Je suis restée proche de Maxence depuis Noël. Oui, je sais, c'est dingue, mais parler avec elle me fait du bien et lui permet de se sentir moins seule face au désespoir de vos parents. Elle va prendre les jumeaux pour une semaine de vacances au ski. Je ne sais pas si j'ai vraiment les moyens de payer tout cela, mais ils le méritent. Et je préfère ne pas penser à la solitude qui pèsera sur mes épaules pendant leur absence. En attendant, nous devons finaliser le déménagement. Le salon n'est plus qu'un amas de cartons étiquetés. Nous avons choisi des souvenirs plus précieux que d'autres à garder dans le nouvel appartement. Nous en avons posté à la famille et avons empaqueté délicatement ce qui reste de toi et qui ne sert à rien. Des vêtements, des chaussures. Emmaüs emportera ces cartons pleins de toi et vides de sens dans le chemin que nous entamons. Chaque fois que mon regard se pose dessus, une boule se forme dans ma gorge, la peine redevient destructrice et me noie. J'ai fouillé dans tes chaussettes, j'ai retourné les poches de tous tes manteaux et sweats à la recherche d'un indice de ta trahison. Je n'ai rien trouvé. Charlotte n'existe pas dans cette maison. Tu n'avais rien d'elle, juste son secret.

Quand le camion referme, ses grandes portes sur notre vie bien emballée, Basile et Théo se jettent dans mes bras. Nous sommes si tristes. La maison résonne. De notre présence qui s'en va, de notre deuil si difficile à accepter, de notre innocence qui s'est évanouie quand tu es mort. Je referme la porte. Je tremble. J'ai froid. De mal, d'angoisse, de douleur. Le nez qui coule et les yeux rouges, nous arpentons les rues de notre petite ville de banlieue à pied pour arriver jusque devant notre nouvel immeuble. Basile est toujours blotti contre moi, il suffoque de pleurer, Théo me serre si fort la main. La poigne d'un homme dans le corps d'un petit garçon privé de son papa.

Les cartons montent, notre moral descend. Nous n'avons pas envie d'être là. Nous n'avons pas envie d'affronter cette vérité. La réalité d'une vie étriquée dans un appartement où tu n'as pas ta place. Sara et Mica sont venus pour nous soutenir et nous aider. Mireille, notre nouvelle voisine, s'improvise baby-sitter et sert de grands chocolats chauds aux jumeaux. Elle appose quelques touches de gaieté. Elle devient contagieuse. Je surprends des rires, des jeux, des regards qui font chaud au cœur.

Et puis le soir arrive. Tout le monde repart, dans un air de déjà-vu. Il reste encore des cartons. Basile et Théo s'affairent à décorer leur chambre. Ils ont sélectionné les photos qu'ils veulent garder de toi, de nous, de cette famille qui n'est plus qu'un vague éclat. Nous installons notre nouveau nid. Il n'est pas si laid. Les garçons le remplissent de joie et de toi. Par petites touches, tu es là. Dans les toilettes : palmes aux pieds, masque et tuba, faisant le singe sur la plage, dans la cuisine, avec ta collection de mugs ridicules, et dans leur chambre, la porte est recouverte de photos, de tickets de matchs, des petits mots d'amour que tu leur laissais sur la table les matins où tu ne pouvais pas les voir avant de partir travailler. Épuisés par le déménagement, nous nous sommes vautrés tous les trois sur le canapé, et avons mangé une grosse pizza bien grasse devant *Koh Lanta.* Un moment unique composé de rires, de câlins, de promesses pour demain. Même si on sait très bien que les promesses, on ne peut pas toujours les tenir. Théo me parle de son prochain match, Basile est amoureux, Théo se sent toujours en colère, mais fait de gros efforts, Basile est heureux d'avoir une nouvelle chambre, car ainsi il pense qu'il ne se réveillera plus la nuit pour partir à ta recherche. Ils me demandent un peu plus de temps d'écran, et je dis non. Ils insistent et je dis oui. Tu vois, on réinvente une routine sans toi.

# 20
# Maxence

Chloé m'impressionne. On dirait qu'elle arrive à séparer son deuil de la vie, que l'un et l'autre sont deux choses si différentes et qu'il ne sert à rien de les mélanger. Même Papa a fini par reconnaître qu'elle se débrouillait très bien. Il en fait toujours des tonnes sur Claude, sur sa réussite, et je dois souvent me mordre la langue pour ne pas lui hurler au visage la vérité sur son fils chéri. Mais je me reprends, car nous sommes tous orphelins d'une manière ou d'une autre. Maman s'englue dans son chagrin. Papa ne peut plus radoter, alors il coule. Leur vieillesse me fatigue, m'épuise, me dégoûte. Mes enfants vont chez eux tous les jours à l'heure du goûter, mais leur présence n'est pas récompensée. Les parents pleurent leur fils. Encore. Toujours.

Je suis heureuse que les jumeaux puissent se joindre à nous pendant cette période de vacances. Les emmener skier, leur offrir quelques jours de respiration loin de leur quotidien d'orphelins, voilà une chose qui me porte et me donne de l'espoir. Chloé a insisté pour payer une partie du séjour, je dois avouer que cela m'arrange : même si nous vivons bien, nous ne roulons pas sur l'or et le ski reste un vrai luxe. Claude avait une carrière et des revenus que, malgré nos professions de chercheur et professeur, mon mari et moi n'atteindrons jamais. Parfois, ses cadeaux frôlaient une indécence insultante, mais les rares fois où j'ai tenté de lui en parler, il me tapotait la joue : « Ça va, grande sœur, laisse-moi faire plaisir aux gens que j'aime », même si faire plaisir rabaissait l'autre. Et malgré tout, il était impossible de lui en vouloir, parce que c'était Claude… Pouvoir à mon tour aider, retourner la situation, me fait du bien.

Chloé et moi, on devient intimes. On se raconte nos vies, nos déboires, nos envies. La barrière de « belles-sœurs » s'amenuise. Notre complicité dans le mensonge y est sans doute pour beaucoup, ce qui veut dire qu'elle est éphémère, ce dont je n'ai pas du tout envie : je découvre une femme forte, mais sensible aux autres, une mère louve, mais fragile. Pourtant je la presse, il faut qu'elle parle. S'engluer dans le silence ne le rendra que plus mensonger. Même si cela veut dire que nous perdrons notre nouvelle complicité.

# 21
# Chloé

Je sais que Maxence veut mon bien, qu'elle s'inquiète pour moi, de savoir comment je gère, si je vais dire la vérité à toute la famille, quand… Elle m'est devenue plus que jamais précieuse, car elle ne craint pas les mots et leur dureté.

—Tu dois le dire. Claude n'était pas parfait, mais en cachant son mensonge tu joues un jeu dangereux. Tes enfants t'en voudront à toi et non plus à leur père. Ce ne serait pas très juste.

Elle a raison, je sais qu'elle a raison, mais il me faudrait aller puiser un courage que toi, tu n'as pas eu. Je n'en ai pas la force pour le moment. Pas l'énergie. Nous avons réglé les problèmes chez le notaire, je sais que la balle est dans mon camp, mais je sais aussi que MES enfants sont à l'abri. Nous avons cette pension qui tombe tous les mois, et mon nouveau boulot qui nous permet de vivre bien. Pas comme avant, mais bien tout de même. Et finalement avait-on besoin d'autant ? Mais je m'égare, je voulais te parler des vacances.

Ta sœur joue les tantes gâteuses et emmène les jumeaux avec sa famille au ski. Une semaine de folie pour eux. Une semaine d'angoisse et de miroirs à traverser pour moi.

C'est déjà le jour du grand départ. Je les accompagne à la gare. Leur premier voyage d'« enfants non accompagnés ». Ils sont droits et fiers, et très excités. Mais quand le moment de la séparation n'est plus qu'à quelques minutes, nos petits amours se renferment et le stress monte.

—Maman… mais…

—Et toi ? Tu vas faire quoi ?

Ils parlent ensemble, terminent les phrases de l'autre, et les larmes commencent à couler. Je les serre fort comme si c'était la dernière fois. Parce qu'on a appris qu'il y a toujours une dernière fois et qu'on ne sait jamais quand elle viendra. Alors il faut se transpercer d'amour à chaque séparation pour s'imprégner de l'autre et ne jamais douter de ce cadeau.

Ils partent, les mains à travers les vitres, les derniers baisers envoyés du bout des doigts, le train quitte la gare. Je suis face à moi-même et à cette terrible absence. Je ne vais pas réussir à rejoindre le métro, à me fondre dans la masse des Parisiens trop pressés, trop anxieux. Je tremble, de fatigue, de froid, du mal qui me ronge depuis ton départ. J'ai beau vouloir avancer, le train n'est plus qu'un point dans un tunnel, je suis restée sur le quai, bousculée par des parents impatients et heureux d'être sans enfants, par des jeunes qui ont un rendez-vous, par tous ces gens qui sont appelés par une vie qui, moi, ne m'appelle plus. Que vais-je faire de cette semaine ? Comment surmonter le vide sans nos fils ? Je n'ai plus de forces, elles m'abandonnent d'un coup, mes épaules pèsent des tonnes, mes jambes ploient et je tombe, au ralenti, envahie par un torrent de pleurs. Le poids du deuil, l'angoisse du mensonge, la peur de demain, seule face au monde, je craque. Je n'entends pas les commentaires, les soupirs, je dérange au milieu du passage, des pas qui hésitent pour m'aider, une ombre qui m'effleure. Je pleure, je me vide de toutes mes émotions.

Combien de temps suis-je restée agenouillée au sol ?

Quand enfin les tremblements diminuent, quand mon cerveau reprend possession du reste de mon corps, et que je peux lever la tête puis les yeux, un autre train est entré en gare. Je regagne la sortie et m'enfonce dans le métro. Pour la première fois depuis ta mort, je suis seule. Dans l'euphorie d'offrir aux enfants une belle semaine de vacances loin de ton absence et de ma tristesse, je n'ai pas du tout pensé qu'il me faudrait vivre moi aussi. L'appartement est bien silencieux. Une chaussette traîne, le linge à étendre, les papiers à trier. Mais je m'offre un bain et un verre de vin. Je me surprends à rire seule. Cela pourrait être tellement plus sexy. Des bougies, un peu d'alcool et toi qui me rejoins pour un de nos moments crapuleux. Est-ce le contrecoup de ma crise de nerfs à la gare ? Je ferme les yeux et je pense à toi. J'ai envie de toi. Je sens tes mains qui caressent mes cheveux, ta bouche qui chatouille doucement mon cou descendant tranquillement vers un sein que tu attrapes avec plus de ferveur, tes mains sur mes fesses, tes lèvres qui remontent le long de mon corps, me mordant, m'embrassant et tes doigts qui cherchent mon sexe. Le caressent, le maltraitent un peu puis s'y enfoncent. Doucement, puis avec plus d'envie et de désir. Quand tu me sens prête, c'est l'amour brut, de celui qui nous fait jouir si vite que nous sommes en manque à peine l'orgasme explosé.

J'ouvre les yeux, dans ma transe, je t'ai senti. Tu étais là. Nous avons fait l'amour. Et je ne sais plus si mes larmes ont le goût du regret ou du plaisir partagé par-delà la mort.

Installée confortablement dans notre vieux canapé, j'écoute le silence de l'appartement et je laisse mes émotions s'exprimer sans craindre qu'un enfant ne se lève, sans avoir besoin de garder le masque de super maman. La crise de la gare et le bain m'ont fait du bien, je me sens nettoyée. Prête à recevoir de nouveaux sentiments, à affronter toutes les premières fois sans toi, presque excitée de continuer à vivre. Vivre et non plus survivre.

Et la semaine passe comme un train à grande vitesse. La première émission a été, enfin, validée après plusieurs rectifications. Dieu, que le monde de l'audiovisuel ergote sur de petites choses que personne ne voit, une tenue de travers, un regard en biais, un faux plan, une longueur de trop, une meringue qui ne brille pas assez… Je découvre que dans ce microcosme, tu n'as pas le choix que de devenir le meilleur ami de ton voisin. Pas d'heures et pas de jours, on est loin du cliché de l'intermittent fainéant qui vit aux crochets du chômage. J'ai passé des heures et des heures en montage, en « postprod » comme ils disent, pour valider, le déroulé de la recette, le gros plan sur le pliage du feuilleté… J'ai cru devenir folle, persuadée qu'ils avaient pour seul but de me dégoûter de la pâtisserie.

J'ai aussi accepté un dîner chez Sara, nous avons ri, nous avons bu, plus que de raison et pour le reste je travaille beaucoup, je me mets à la recherche d'un local pour organiser des ateliers d'entreprise, je teste des recettes pour les prochains épisodes de l'émission, je parle aux garçons tous les soirs. Le temps d'une petite conversation, la joie s'installe réellement en moi. Ils sont heureux, ils avancent. Sans toi. Ils vont passer leur deuxième étoile et me racontent la neige, le ski, les fondues et tartiflettes, ils me décrivent « la meilleure tarte aux myrtilles, après la tienne Maman, évidemment » et me parlent du « mégabeau ciel étoilé où Papa dort ». Cela ne fait pas si longtemps que tu es parti, une éternité pourtant. Mais ça y est, on y arrive, on touche du bout du doigt une petite poussière de bonheur.

Quand ils rentrent de leurs vacances, bronzés avec les marques de leurs masques de ski, les gars ont demandé à venir te voir. Nous préparons donc une carte et un joli bouquet pour déposer au cimetière. Tu es bien présent avec nous, quand assis sur ta tombe, nous te racontons tous un peu en même temps les derniers ragots, les aventures de Théo au foot, l'amoureuse de Basile, leur étoile au ski et ma nouvelle carrière.

Dans notre petit appartement, nous prenons nos marques, nous installons des habitudes, dont notre mamie de cœur Mireille fait partie intégrante, et le soir nous avons instauré un nouveau rituel : une histoire dans le canapé, un câlin partagé tendrement, et toujours la même question : « Qu'est-ce qui vous a fait du bien aujourd'hui ? Qu'avez-vous préféré ? », puis nous caressons ensemble ta photo, je les embrasse et ensuite, seule avec moi, je bois un verre de vin (un seul), je fume une cigarette (une seule) et je liste aussi le positif de ma journée.

Un pot est organisé pour fêter la validation du pilote. Le résultat final diffusé pour toute l'équipe et je décide d'y aller avec les enfants. Ils sont évidemment excités comme deux puces, aller voir un vrai plateau d'une vraie émission, « LE plateau de Maman », et je suis étonnée de voir que mes nouveaux collègues se mettent en quatre pour leur faire visiter les studios, leur montrer comment fonctionne une caméra, une régie. Basile et Théo sont aux anges et quand on nous installe avec toute l'équipe et même le directeur de la chaîne dans une mini-salle de cinéma pour nous présenter enfin l'émission, je ne peux m'empêcher d'avoir les yeux qui piquent face à leur réaction. Ils se tiennent droits, le regard ne lâchant pas l'écran, se donnant de temps en temps un coup de coude, et leurs sourires qui s'affichent grands et fiers dès que j'apparais à l'écran me bouleversent, me transpercent. La gorge serrée de tout cet amour que je ressens pour eux et qu'ils me renvoient sur leurs si beaux visages. Quand les lumières se rallument, les applaudissements pleuvent. Patricia me fait signe de la rejoindre. Les garçons parlent tous les deux en même temps, et j'ai un peu de mal à les faire taire quand le directeur de la chaîne, ancienne star du petit écran, me félicite. La présentatrice et les différentes chroniqueuses s'autocongratulent tandis que je me demande si je suis réellement prête à cette mise en lumière. Je comprends seulement à cet instant que je vais entrer tous les jours dans les maisons des ménagères, qu'elles vont probablement refaire certaines de mes recettes… J'ai un peu le tournis quand Stan s'approche de moi pour me féliciter.

—Bravo Chloé. Le résultat est top. Tu prends très bien la lumière et tu expliques très bien.

—Merci…

—Tu sais, j'ai fait quelques émissions avec de grands chefs, et leur problème, en dehors d'un *ego* surdimensionné, c'est qu'ils ont du mal à donner des explications courtes. Mais pas toi, on dirait que tu as fait ça toute ta vie.

Le rouge me monte aux joues.

—On ne va peut-être pas exagérer…

—Non non vraiment…

Nous sommes heureusement interrompus par deux petites tornades.

—Maman, Maman !!

—On a vu… commence Basile, interrompu immédiatement par Théo.

—Nagui !

—Il est là, juste à côté !

Ils me traînent par la main et me sauvent… d'un plan drague ?

Draguer, voilà un mot banni de mon vocabulaire depuis si longtemps. Comment fait-on ? Saurais-je m'y prendre ? En ai-je envie ? Depuis peu, quand je me croise dans un miroir, je ressens à nouveau de la fierté. J'ai repris un peu de poids, je me maquille, et l'anxiété des premiers mois sans toi s'efface de mes traits. Moins de rides du souci, plus de pattes-d'oie de la joie.

Nagui est effectivement là, il salue tout le monde gentiment, et les jumeaux tapent des pieds pour avoir un autographe. Leur chahut a attiré son attention. Nous en profitons pour nous approcher. L'animateur me regarde attentivement avec une lueur amusée :

—Ah ! Mais vous êtes la pâtissière dont tout le monde parle ?

Depuis quelque temps, j'ai pris l'habitude de côtoyer des célébrités, et même d'entrer dans un faux jeu de séduction pour passer mieux à l'écran, mais la chaleur de sa voix et l'attention réelle qu'il nous accorde me rendent timide :

—Vous me flattez !

Il pose la main sur son cœur et éclate de rire :

—Jamais ! Et qui sont ces deux petits champignons sauteurs ?

—Basile !

—Théo !

—Ce sont mes fils et ils aimeraient beaucoup avoir un autographe.

—Mais bien sûr, et un petit selfie aussi ?

—Oh oui ! Oh oui !

Nous repartons une heure plus tard, le cœur léger, des étoiles plein les yeux pour les enfants, et oui, je peux bien le dire, je plane un peu. Ce fut une très belle journée pour nous trois. Même si ma peine revient au galop dès que je pense à toi, à ton absence, au manque de ne pas pouvoir partager avec toi ce succès.

En rentrant, décidés à rester dans un esprit festif et joyeux, nous faisons soirée BK[1] et vieux film comme au bon vieux temps. Les gars ont choisi *Les Goonies*, un de tes préférés. Ils rient devant Choco et s'effraient devant Sinoque. Encore une première fois sans toi... Mais celle-ci est légère, gaie et agréable. Elle nous permet de parler de toi en riant.

—Maman, tu te souviens, la première fois qu'on a vu le film ? me demande Basile.

—Oh oui !

—J'ai tellement eu peur quand Sinoque se retourne la première fois que j'ai renversé le paquet de Smarties sur Papa !

—Y'en avait partout, interviens-je.

—Oui, et du coup, on a fait la course pour les manger le plus vite possible, rigole Théo.

—Je me souviens aussi que vous aviez tous les deux un sacré mal de ventre et qu'on n'a pas très bien dormi...

Notre rituel est ponctué de : « Oh ! C'était trop bien aujourd'hui ! », « Oh ! Et puis Nagui, il est trop trop sympa ! », « Les copains ils vont avoir le seum quand ils vont savoir qu'on a un selfie avec lui », « Tu es trop belle

1 Burger King : chaîne de fast-food.

Maman à la télé », « Merci Maman », « Papa, il aurait été tellement trop fier… »

Lorsque j'arrive enfin à les mettre au lit, je fume ma cigarette, je me verse un verre, et je laisse la nostalgie s'emparer de moi. Le poids de ces quelques mots d'enfants me renvoie à ton manque. Et dans un élan idiot de curiosité, de culpabilité, d'envie, de question, j'envoie un SMS à Renée.

Bonsoir Renée. Je voulais savoir comment allait votre fille.
Chloé

Nan, mais n'importe quoi ? Qu'est-ce qui m'a pris ? Pourquoi je fais ça maintenant ? Un soir où tout allait bien ?

Bonsoir Chloé. Elle va mieux.
Elle est un peu moins triste.

Et voilà, je me sens mal. Cette pauvre petite. Elle n'a rien fait pour mériter ça. Déjà qu'elle n'a pas eu de père, maintenant je lui vole le reste de sa famille.

Je suis désolée. J'ai besoin de temps.

Pas de réponse.

Mais peut-être pourrions-nous nous revoir, et discuter un peu ensemble ?

Je regrette aussitôt mon message. Je sais très bien que je ne suis pas encore prête, je lui mens, je suis cruelle.

Et tandis que j'écrase ma cigarette et que le stress me prend au ventre, le bip de sa réponse me fait sursauter.

Seulement si vous êtes certaine de pouvoir assumer. J'ai compris votre douleur, légitime. Mais j'ai besoin d'être moi aussi solide pour mon enfant.

Évidemment qu'elle souffre. Évidemment qu'elle doit assumer pour deux et depuis si longtemps. Mais qu'ai-je donc dans la tête ? Suis-je capable d'assumer ? Non…

Non, je ne suis pas sûre, mais j'en ai besoin pour avancer. Pour, un jour, être prête.

Je suis plus honnête avec elle que je ne suis capable de l'être avec moi. Ces SMS effacent les murs et les inhibitions.

OK. Je suis à Paris dans deux jours. Dînons ensemble.

Alors c'est aussi simple que ça ? Est-ce d'avoir frôlé aujourd'hui des doigts une nouvelle forme de bonheur qui m'a donné ce courage égoïste d'aller vers elle ? Je ne ressens pas de haine envers elle, elle n'est responsable de rien, sauf d'avoir couché et eu un enfant avec toi pendant ces quatre minuscules semaines de rupture qu'on a vécues en quinze ans. Mais la vie est une chienne. Et si finalement ce cadeau empoisonné s'avérait une nouvelle route à emprunter ? Je sais bien que j'ai encore beaucoup de chemin à parcourir, que je ne suis pas mûre pour recevoir cette fillette, TA fille, dans mon foyer. Le choc de ta perte, le poison du silence imprègnent encore trop mes veines et mes émotions, mais j'aperçois aussi des petites lueurs, des éclairs de soleil cachés entre les branches des arbres qui se rhabillent pour le printemps, comme un arc-en-ciel qui se dévoile à mon regard. Dans mon cœur, cachée dans un petit recoin, il y a une place qui se crée, subtilement, lentement, subrepticement. Une place pour elle, pour Charlotte. Un jour, je sais que je serai capable de l'aimer, mais il est encore trop tôt, oui beaucoup trop tôt.

# 22
# Charlotte

Le temps ne passe pas vite. Les jours se ressemblent, les semaines m'ennuient et l'hiver n'en finit pas de ne pas finir. Maman me prête souvent son téléphone le soir. Pour jouer à *Candy Crush.* En vrai, je fouille dedans, je cherche des indices, sur mes frères et leur mère. J'ai vu le message. J'ai vu qu'elles discutent, Chloé et elle. Je suis en rage. On me tient éloignée de tout. Je n'ai pas le droit de parler, pourquoi ? Parce que je suis une enfant ? Parce que je suis une « bâtarde » ? Pourquoi Maman ne me dit rien ? Pourquoi je devrais accepter d'être mise de côté ? Basile et Théo sont mes frères, MES frères ! Je n'ai pas dormi cette nuit. Et ce matin, je ne voulais pas aller à l'école : je me suis disputée avec ma meilleure copine. C'est elle qui m'a appris ce que voulait dire « bâtarde ». Je ne suis pas une enfant désirée, je suis une enfant qui n'est pas née de l'amour. Je ne suis rien. J'en ai marre. Marre d'être seule à penser pour tous, à espérer que le miracle se produise, à savoir que nous sommes trois. Marre d'être simplement une gamine de dix ans à qui on dit ce qu'elle doit faire, ce qu'elle doit penser. Alors cette nuit, j'ai décidé.

Je vais leur écrire. À mes frères. À Basile et Théo. Je vais leur dire toute la vérité. Quand Maman est venue me réveiller ce matin, j'ai fait semblant d'être malade. D'avoir mal au ventre et de vomir. Ça, c'était vraiment pas cool parce que j'ai dû me forcer pour faire vrai et que... beurk. Mais elle est tombée dans le panneau. Elle m'a crue. Elle devait absolument aller au bureau le matin. Elle m'a donc demandé si je me sentais capable de rester toute seule pendant deux ou trois heures, le temps pour elle d'assister à une super méga-importante réunion. Ça devait être vraiment très important, parce que Maman a toujours très peur quand je suis malade, elle croit que c'est le rein. Moi, je ne pouvais pas rêver mieux. J'ai murmuré un « oui... » avec une voix très basse pour rester dans mon rôle, mais quand elle est partie, j'ai sauté de joie.

Je n'ai plus qu'à trouver l'adresse de mes frères. C'est hyper-excitant de fouiller dans les affaires de Maman. Je me prends pour une super détective qui recherche un code secret pour ouvrir les portes d'un coffre-fort. Il faut que je fasse très attention à bien tout remettre en place. Maman est maniaque. Tout a un endroit précis chez nous. Et si y'a bien un truc qui la met en colère, c'est quand on ne range pas derrière soi. Son bureau est ultra-bien ordonné. Pas un stylo qui traîne, pas une feuille de travers. Je commence à chercher en me demandant comment faire. Par où commencer. Je m'assieds à la place de Maman et j'essaye de réfléchir comme une grande. Si je me plante ne serait-ce que d'un millimètre sur la place d'un trombone, Maman va le savoir et me gronder fort. Je regarde l'iPad en charge sur le rebord de la bibliothèque. Mais oui ! J'ai le droit de le prendre quand je suis malade, ça veut dire que je peux chercher l'adresse de mes frères sur Internet. Maman n'est pas très douée en informatique, elle n'a donc pas mis de code parental. Je suis pas du genre à faire des bêtises, mais là, j'avoue que ça m'arrange. Je tape sur Google : « Trouver une adresse » et on me propose les pages blanches. Je me souviens que Maman a déjà utilisé les pages jaunes pour obtenir le numéro d'un plombier. Cela doit être quasiment la même chose. Sur le site, je dois entrer le nom, prénom et l'adresse. Ils sont cons ou bien ? C'est justement l'adresse que je veux ! Pff… J'entre le nom de famille de Papa, Cauzec, et la ville, à côté de Versailles. Y'a plusieurs réponses. Ah zut, comment être sûre de trouver la bonne ? Je lis les prénoms qui sont associés…

« Hubert, Géraldine, François-Charles et Martine, Chloé… » Elle est là. Tout à coup, je me sens bête. OK, j'ai l'adresse. Je la retiens dans ma tête. Je ne veux rien noter pour être certaine que Maman ne sache pas ce que je fais. Je retourne me mettre dans mon lit avec un cahier. Comme ça, si elle arrive, je pourrai le cacher facilement sous ma couette. Et je leur dis quoi maintenant, à mes frères ?

Chers Basile et Théo,

Vous ne me connaissez pas encore, mais c'est pour ça que je vous écris aujourd'hui. Je m'appelle Charlotte et j'ai neuf ans. Nous avons presque le même âge. En fait,

nous avons un mois de différence. Je vais aussi avoir dix ans. Je suis comme vous en CM1 et je vis à Lyon. Avec ma Maman.
Vous vous demandez sûrement pourquoi une fille que vous connaissez pas vous écrit. Je sais pas trop comment le dire parce qu'en vrai, vous risquez de pas me croire, et d'être mégafâchés. Je connaissais votre Papa. Parce que... ~~c'est,~~ c'était aussi mon papa. C'est trop bizarre, hein ? Alors j'ai pas tous les détails, parce que lui et ma maman, ils disaient toujours : « On t'expliquera quand tu seras plus grande », mais ce que je peux vous dire, c'est que ~~Clau,~~ Papa, il savait pas que j'existais avant que j'aie sept ans. J'étais très malade et ma mère a dû l'appeler pour qu'il me donne un rein. Je sais que dit comme ça, ça paraît être un super gros mensonge, et je crois bien qu'à votre place, je voudrais pas me croire moi-même, mais c'est la vraie vérité. Papa est venu me donner un rein pour me soigner. Après je l'ai revu. Pas très souvent, parce que sa vie, elle était pas avec moi, mais avec vous et votre Maman. Il a eu très peur de vous dire pour moi. Il pensait que votre mère serait vraiment très en colère et que vous aussi. Mais il me parlait tout le temps de vous. On comparait nos caractères, que Basile est super gentil et que Théo déteste l'injustice. Peut-être que je devrais pas vous écrire parce que je le connaissais pas assez pour savoir si c'est ce qu'il voulait, mais moi aujourd'hui, je suis très triste parce que je l'ai perdu et que si ça se trouve je vous connaîtrai jamais. J'espère que vous serez pas trop fâchés et que vous me croirez.

Je vous envoie la seule photo que j'ai de Claude et ma Maman : elle a été prise avant mon opération. Je voulais absolument un souvenir d'eux, comme si on était une vraie famille. Si vous voulez bien me la renvoyer après.
Je vous donne mon adresse.
Je veux pas vous faire de peine, je sais que votre Maman veut vous protéger, comme la mienne, mais si jamais vous avez envie, moi, j'aimerais vous rencontrer. Qu'on devienne trois. Je sais, c'est quand même beaucoup, ce que je vous demande. Alors prenez votre temps, hein.
Je vous fais des bisous.
ChaCha-grin

J'ai mis mon adresse à la fin de la lettre et j'ai posté toute seule la lettre. C'est facile parce que maintenant que je grandis et surtout que je suis en rémission, Maman me laisse faire plein de choses. J'ai hâte de savoir s'ils vont me répondre. Il faudra que je surveille la boîte.

# 23
# Renée

Je prépare ma valise pour ce séjour à Paris qui s'annonce bien moins facile que prévu. Elle m'a envoyé un message, elle m'a recontactée, elle veut me voir. Je dis elle. C'est plus facile de la dépersonnaliser. Sinon je vais m'attendrir, je vais être empathique. À la maison, on ne parle plus d'elle, des jumeaux ou du deuil. Les mois s'écoulent. Le temps avance. Et avec lui, ma détermination à protéger Charlotte. Ne pas céder aux impulsions d'une femme qui se sent coupable. J'ai porté ma faute. Et je la porterai jusqu'au bout. Elle n'a pas le droit de me faire porter celle de son mari. J'ai couché avec un homme célibataire ! Je n'ai rien fait de mal.

Je prends un tailleur-pantalon noir, une chemise en soie, je choisis cette paire de Louboutin qui affine ma taille. Demain je dîne avec elle, mais avant cela se joue une autre partie. Et d'importance.

Charlotte est assise à côté de moi sur lit, elle semble guillerette, et me pose un tas de questions sur mon rendez-vous, sur ce que je vais faire le soir : dîner seule ? Avec des amis parisiens ? J'essaye de rester concentrée sur ma préparation, mais chaque interrogation qu'elle me soumet est autant de culpabilité ajoutée à ma conscience. J'en suis presque à la soupçonner de savoir. Je détourne la conversation : elle doit passer les quelques jours de mon absence chez sa meilleure amie. Je m'inquiète, car je sais qu'elles ont eu plusieurs disputes.

—Nan… T'inquiète Maman. On est réconciliées, tout va bien.

—Ce n'est pas un « t'inquiète qui inquiète » ?

Elle me tire la langue et saute de mon lit pour retourner dans sa chambre. Je reste perplexe devant le peu d'émotions qu'elle laisse s'échapper depuis quelque temps. Le deuil de son père semble lui passer au-dessus de la tête, alors que juste après sa mort, elle n'était que larmes et désespoir. Je sais que les enfants peuvent se remettre plus vite, qu'ils possèdent cette capacité d'adaptation que nous perdons avec l'âge et les épreuves. Mais mon instinct me dit de garder l'œil ouvert.

J'aime Paris, même si mon cœur est lyonnais. Paris a la folie des grandeurs, le parfum du danger, l'anonymat des aventures. Depuis la naissance de Charlotte, je n'ai que peu souvent succombé aux plaisirs amoureux. Je lui ai consacré ma vie, et j'ai laissé mon cœur s'assécher. Non pas que je n'aie pas conscience de mon pouvoir de séduction qui, à presque cinquante ans, est encore là. C'est plus que la chair et l'intimité me sont devenues étrangères. Mon ex-mari a brisé mon cœur, c'est assez cliché, mais il a emporté avec son adultère la confiance que je pouvais placer dans une relation. J'ai réussi à faire de cette faille une qualité dans mon travail en affinant mes techniques d'attaque et en devenant l'inapprochable manager. On ne peut pas tout avoir dans la vie. Je ne le sais que depuis trop longtemps. J'ai ma fille, le centre de mon existence. J'ai mon boulot, qui me plaît, dans lequel j'excelle, et qui m'offre une autre notion de pouvoir.

Et pourtant, je me sens encore fragile face au rendez-vous que j'ai programmé demain. Il peut changer le cours des choses. Suis-je prête à prendre ce risque ?

# 24
# Chloé

Super-Mireille a pris le relais à la maison ce soir. Les jumeaux sont ravis. Ils ont avec elle une relation de confiance, ils rient tout le temps, plaisantent, parfois à la limite de l'insolence, mais un seul regard de sa part et ils deviennent deux petits garçons sages comme des images. Avec elle, plus de dispute pour savoir qui va à la douche ou à qui c'est le tour de mettre la table. Elle en fait de véritables petits soldats totalement consentants au travail de la maison, et je lui en suis reconnaissante, car au quotidien, son aide et sa présence sont perceptibles. Mais ce soir, elle ne s'intéresse pas aux enfants, je la sens qui pose sur moi un regard scrutateur, limite inquisiteur. Comme si elle reniflait quelque chose. J'en deviens encore plus anxieuse, comme si revoir Renée ne suffisait pas à me mettre déjà assez les nerfs à fleur de peau. Un bisou rapide sur deux fronts concentrés sur la préparation du gratin de pâtes qu'elle leur apprend à faire : « On ne commence jamais assez tôt leur éducation en matière de grande gastronomie. » Un dernier regard au miroir de l'entrée. Ça va, je suis présentable. La peur au ventre, je vais donc à mon « rendez-vous » avec Elle.

J'ai choisi un petit restaurant assez impersonnel où je ne connais personne. Quelque chose de simple, mais de bon : il ne faut quand même pas oublier de profiter d'un repas. Je suis en avance. Comme d'habitude. Mais je ne suis pas la seule. Elle est déjà assise, et je ne sais pas si je dois me sentir vexée, stressée ou rassurée de constater qu'elle prend notre dîner assez au sérieux pour arriver avant moi.

Je m'avance, plus aussi sûre de moi. Elle se lève. On hésite. On se tend la main.

—Merci d'être venue.

—Merci de m'avoir demandé de venir.

Et maintenant ? Comment aborder LE sujet ?

—Écoutez Chloé, je sais que c'est difficile. Pour moi, c'est même affreusement difficile. Alors je vais être directe.

Son regard franc planté sur moi m'intimide. Comme si elle lisait mes sentiments, qu'elle touchait de ses yeux mes propres émotions. Ou bien est-ce parce que, tout comme moi, elle est une mère inquiète ? J'ai oublié la raison pour laquelle je suis venue et je décide de me laisser guider par Renée.

—Euh… OK.

—Mais on se commande un verre avant, non ?

—Bonne idée.

On en profite pour regarder la carte. On commande tout en même temps. Tant qu'à faire, ça meuble un peu. Quand la bouteille arrive, que le serveur a fini de nous faire l'article (on s'en fout, on veut boire), enfin, je… elle, nous nous lançons. En même temps.

—Ren…

—Chlo

On s'arrête, un sourire sincère sur nos deux visages. On trinque. Je lance :

—À cette nouvelle étape !

—Qu'elle nous apporte enfin un peu de tranquillité.

—Oh oui ! S'il vous plaît.

On a bu, j'ai pleuré, elle a essuyé quelques larmes. Elle m'a tout raconté. La détresse lors de votre rencontre. L'histoire sans lendemain. Sa grossesse miraculeuse. La naissance de Charlotte. Je t'ai reconnu dans tout ce qu'elle a pu me raconter. Je pensais qu'elle me parlerait d'un inconnu. Que je te découvrirais autrement. Mais non, c'est bien toi qui as couché avec elle. C'est bien toi qui as sauvé ta fille. C'est bien toi qui lui as parlé tant et tant de fois de moi, de nous, des garçons, de ta peur de nous perdre. Du silence, et du mensonge.

C'est comme si quelques pans de murs tombaient, que je découvrais une pièce cachée dont, tout au fond de moi, je connaissais l'existence, mais que j'avais cloisonnée pour me protéger. Je ne peux pas encore te pardonner, tu sais. C'est trop tôt. Cela fait trop mal. Quand je la regarde, elle, je vois ton silence à toi. Mais j'aimerais faire un pas en avant. Pouvoir peut-être, et je dis bien peut-être, un jour créer un lien entre ces deux toi, ces deux familles. En tous les cas, et je peux bien te reconnaître ça, ton coup d'un soir est quelqu'un de bien. Elle ne m'a pas mis la pression. À la fin, elle m'a tendu une photo de Charlotte.

—Chloé, je ne peux rien exiger. Mais s'il vous plaît, gardez cette photo. De temps en temps, regardez là et si un jour vous vous sentez prête, appelez-moi.

Là, dans ma paume, la petite photo d'école, style Photomaton, de Charlotte. De celles qu'on colle sur le frigo, qui sont moches, mais dont la valeur sentimentale n'a pas de prix. Elles voient nos enfants grandir, les traits s'affiner, les sourires édentés…

Charlotte est belle. Elle te ressemble. C'est douloureux. De te voir ailleurs que dans nos enfants. De reconnaître une moue, une lueur, un épi. Je cache bien la photo. Je l'ai vue. Je sais à quoi elle ressemble. Je sais aussi pourquoi tu es tombé amoureux d'elle.

—Renée. Merci. Merci vraiment. Vous êtes si courageuse, je me sens un peu minable comparée à vous. Je vous remercie parce que vous me comprenez sans me connaître et vous m'accordez une confiance que mon propre mari n'a pas su m'offrir. J'ai l'intime conviction qu'un jour je pourrai accueillir Charlotte, vous accueillir toutes les deux dans nos vies. Je fais mon deuil, chaque jour j'avance. Mais c'est encore trop tôt. Je dois reprendre des forces. Avancer seule pour être capable de pardonner.

À la sortie du restaurant, je me sens différente. J'ai l'impression d'avoir passé une étape. Vers l'avenir. Vers toi, mais sans toi. Vers une version de toi que tu m'avais cachée, vers une partie de toi qui est aussi bonne que celle que nous avons partagée quinze ans. Je me sens plus légère, comme si le pardon avait fait son entrée dans mon cœur. Je me sens plus proche de Renée. Nous pourrions être amies un jour. Maintenant, j'en suis sûre. Au moment de se quitter, c'est plus fort que moi, je la serre spontanément dans mes bras.

—Merci.

Quand je rentre, Mireille est endormie sur le canapé. Je la réveille doucement.

—Alors, ce rendez-vous, ma petite ? Il vous a apporté ce que vous souhaitiez ?

Elle est devineresse, ce n'est pas possible autrement. Je lui réponds par un sourire. Elle me tapote l'épaule.

—À demain pour la grande première.

Les garçons sont surexcités. Sara et ses enfants sont venus pour la grande soirée. Mireille aussi, elle s'est d'ailleurs habillée comme pour aller au théâtre : « Écoutez, ma petite, c'est pas tous les jours qu'on a une star de la télé comme voisine. » C'est le grand moment, la diffusion de l'émission qui a enfin trouvé son titre définitif : *Petit thé entre amis.* Je trépigne comme une gamine. Je file aux toilettes toutes les deux minutes, je ne tiens pas en place et Basile me scrute d'un air inquiet.

—Maman, ça va ? T'as mal au ventre ?

—Oui mon chéri, ça va…

Je suis coupée par Théo qui hurle à la cantonade :

—Maman, elle flippe et elle fait caca mou !

—Théo !

Et là c'est le fou rire. Le vrai, le bon, l'énorme. Celui qui te prend aux tripes et monte à la gorge sans que tu puisses rien maîtriser. J'essayerais que je ne pourrais pas. Les garçons se roulent par terre et il faut l'intervention adulte de Sara pour que le calme revienne.

—Ça commence, les enfants !

Je suis incluse dans les enfants. On regarde, on mange des pop-corn, on sirote un verre de Coca ou de vin selon l'âge. Il y a des : « Oh c'est beau », « Oh Maman… », « Oh, mais… », « Ah… »

À la fin, Sara me serre très fort dans ses bras et me murmure :

—Je suis tellement fière de toi.

Au tour de Mireille, qui a une larme émue au coin de l'œil.

—Vous assurez, ma petite. Vous assurez vraiment.

J'en pleure de soulagement. Je peux mettre le stress de côté. Je m'éclipse dans la cuisine chercher la charlotte aux framboises préparée comme surprise.

—Ce soir c'est chacha.

—À la framboise !

—La préférée de Papa !

Ta préférée et cette fois, je l'ai sciemment choisie.

—Oui… la préférée de Papa. Il aurait été fier. Je le sais. Je voulais qu'il soit un peu avec nous ce soir. En pensée et en gourmandise.

Oui, c'est vrai, je voulais que tu sois avec nous. C'est une étape très importante dans nos vies sans toi. Encore une première fois… J'ai besoin de te sentir proche de moi ce soir. De laisser de côté le mensonge et l'absence. Juste profiter de nous et de ton souvenir sans souffrir.

Si l'émission fonctionne comme le souhaite la direction de la chaîne, je pourrai développer des ateliers dans un local spécialisé et, le plus important, subvenir seule à la totalité des besoins des jumeaux. Peut-être même mettre un peu d'argent de côté…

Quand les enfants sont couchés, qu'ils ont fini de rire, de se faire des blagues, et que Mireille a regagné ses pénates à l'étage du dessous, je m'assieds par terre avec Sara, une bouteille de vin devant nous. On ne refait pas le monde, parce que cela signifierait imaginer la vie si tu étais encore là, mais on parle un peu d'hier, et pas mal de demain. Je suis tournée vers l'avenir et cela me réconforte. Sara trouve les garçons épanouis. Ta disparition et mon travail les ont trop vite propulsés vers une responsabilisation et une maturité non désirée, mais ils vont bien. De là-haut, tu leur insuffles certainement de cette énergie qui me fatiguait le dimanche matin, quand, alors que je comatais devant ma tasse de café, que je rêvais d'un roman à finir au fond du lit, tu avais déjà emmené les gars au marché, préparé un brunch à l'anglaise et que vous sautiez sur moi pour me pousser hors de la couette. Ils débordent de vie, d'idées, ils ont envie d'être heureux et c'est la seule chose qui compte. Les SMS déferlent sur mon téléphone, Sara rigole.

—Te voilà une vraie star. Tu ne prendras pas la grosse tête au moins ?

Patricia :

Demain, on a les scores ! On croise les doigts !

Tes parents :

Bravo Chloé ! Nous sommes fiers de toi.

Ta sœur :

Quelle star ! 😊

Stan :

Beau travail. J'espère qu'on va continuer comme ça.

Je dors comme une masse. Un bon gros sommeil légèrement imbibé de vin, mais réparateur. Le lendemain, Basile et Théo se sont levés avant moi et ont préparé le petit-déjeuner.

—On voulait te féliciter Maman.

Ils posent le plateau sur mes genoux et, une fois n'est pas coutume, s'asseyent délicatement sur le bord du lit.

—Oui, tu es la meilleure.

—Merci les chéris… c'est trop chou. Je suis fière de vous.

L'émotion est immense. Elle est belle et douce. Nous grimpons une nouvelle marche dans notre vie à trois, et nous en avons conscience.

—Et nous aussi, on est fiers. On t'aime.

Juste tous les trois, nous passons un superbe week-end. Léger, gai, serein. Nous restons sur notre petit nuage. Entre le foot, un cinéma, de gros câlins, nous préparons des cookies, les enfants me donnent des idées de recettes pour l'émission. Le dimanche soir arrive trop vite. Nous n'avons pas envie de replonger dans la vraie vie. Nous savourons encore quelques heures notre bulle de bonheur. Où tu restes présent. Toujours.

# 25
# Chloé

Le soleil brille. Ce matin, je me suis réveillée, heureuse. Oui, heureuse. Souviens-toi de ce petit pincement qui te prend au niveau du cœur et remonte vers la gorge pour se transformer en un sourire éclatant, cette bouffée de bonne humeur qui te rend invincible et te donne envie de chanter et danser. Les enfants ont droit à un réveil musical, à une partie de gros « catouilles » (ça n'existe pas, mais je viens de l'inventer, c'est un savant mélange des câlins et des chatouilles). On fait valser les toasts, on engloutit en riant le chocolat, on fait la course pour s'habiller (celui qui perd rangera le lave-vaisselle ce soir, je fais exprès d'être dernière), et on fait le garde-à-vous en essayant de ne pas rire avant de partir à l'école. Devant le portail, les enfants me serrent un peu plus fort que d'habitude :

—Maman, c'était trop bien ce matin !

Oui, c'était trop bien. Je les laisse avec le sourire. Ta sœur m'appelle.

—C'est bientôt les vacances d'avril, t'as prévu quelque chose pour les enfants ?

Non… je n'y pensais même plus et pourtant il faudrait ! Je dois enregistrer d'autres émissions, et j'ai rendez-vous avec un entrepreneur spécialisé dans les microentreprises pour monter un nouvel atelier à la rentrée prochaine. D'un coup, mon ciel s'assombrit. Le temps passe. La vie avance. Trop vite. Maxence me propose de prendre les jumeaux une semaine. Ils iront dans leur maison à la mer avec tes parents. Il y a le week-end de Pâques où je pourrai les rejoindre. Oui… bien entendu. Je ne vais pas refuser. Je me pose sur notre vieux canapé, j'ouvre mon ordi et je vais sur le site de la mairie pour voir s'il n'est pas trop tard pour inscrire les enfants à des stages ou à la garderie pendant la deuxième semaine. Ils seront contents. Ils vont jouer au foot et voir leurs cousins. Financièrement, ce n'est pas encore le top, mais je m'en sors assez pour leur offrir ça. Quand je pense à l'été et aux deux mois de vacances qui s'annoncent, j'ai des sueurs froides. Deux mois à tenir, deux mois à combler… Comme chaque année. Mais cet été, pas de perspective de vacances à quatre, pas de plage avec toi, pas de pâtés de sable, de courses dans les vagues. Nous ne serons que trois. À moins que… À moins que l'été ne soit l'occasion d'agrandir la famille en y incluant Charlotte et sa mère.

Finalement, je suis tirée de mes réflexions par le téléphone.

—Salut Chloé, c'est Stan.

—Oui, Stan ?

Un peu pressé, comme toujours, il enchaîne vite les mots, comme s'il ne devait jamais perdre une minute de son temps. Stan est gentil, ce qui ne va pas de pair avec son métier qui requiert souvent un dentier acéré, et il a ce regard doux qui, quand il demande quelque chose à quelqu'un, surtout quand ce quelqu'un porte un soutien-gorge, se transforme en yeux de cocker sous la pluie. Je l'imagine nerveux et faire les cent pas. Il veut me demander quelque chose, mais hésite encore sur la forme.

—Écoute, après les tournages de cette semaine, on voudrait faire un pot jeudi pour fêter les contrats à venir. On compte sur toi.

—Oh ! C'est sympa, mais je ne te promets rien. Je risque d'être vannée et je ne peux pas laisser les enfants seuls…

—T'as qu'à venir avec eux.

Tout faux, le Stan. On ne dit pas à une mère célibataire et encore moins une veuve que ses enfants sont les bienvenus dans un lieu de beuverie.

—Stan, ce sont des enfants, et ils ont école le lendemain.

—Ah…

Sa déception au téléphone m'arrache un sourire. Je n'ai plus tellement de doutes sur ses intentions, mais de mon côté je ne suis pas du tout intéressée. Il est mignon, c'est vrai, mais il ne tient pas la comparaison avec toi. Je suis très loin d'avoir la moindre envie de retourner dans l'arène officielle des célibataires en quête d'« amour ». En revanche, l'idée de retrouver des collègues « après le travail » et de décompresser autour d'un verre me plaît bien.

Après l'euphorie des derniers jours, le retour à la réalité est un peu difficile. Les enfants ont brusquement changé de comportement. Grincheux, agressifs, provocateurs. Ce matin, ils étaient pressés tous les deux de me voir partir et n'ont manifesté aucune peine quand je leur ai dit que je rentrerais tard et qu'ils seraient sous la garde de Mireille. Ensuite, les tournages de cette semaine ont été plus que tendus. Stan me regarde un peu de travers. Je crois que lui avoir rappelé que j'ai des enfants l'a un peu refroidi. Et aujourd'hui, la productrice est particulièrement stressée, car l'invité du jour est un journaliste vedette de la chaîne (je ne dirai pas son nom, parce que même y penser pourrait me valoir les foudres de Patricia) avec qui elle a eu une aventure. On le lui a imposé et d'après ce que j'ai compris ils ne se sont pas quittés en bons termes. Ici, c'est *Voici* et *Closer* réunis dans la même pièce. Tout le monde chuchote des ragots, ça rigole en douce. Je ne sais pas trop où me placer pour le moment, surtout que ledit présentateur (pas la peine d'insister, je serai muette comme une tombe… Ah ! Elle est bien bonne celle-là !), plutôt beau gosse, a décidé de me faire un rentre-dedans assez grossier. Et que je te caresse la main quand je lui montre comment pocher des biscuits cuiller, et que je me colle à toi quand j'explique l'importance d'un thermomètre dans une crème anglaise, et que je te plaque un bisou bien sonore quand il réussit (enfin !) à faire monter sa crème fouettée (ce n'est quand même pas si compliqué de faire tourner un batteur !). Pat n'en peut plus. Ou elle lui saute à la gorge ou elle me trucide sur place. Quand Stan vient me voir à la fin, je n'ai pas droit aux compliments habituels – « Tu étais parfaite, génial ma belle, t'as assuré » –, non c'est même un peu agressif qu'il m'accoste :

—Alors, tu sors avec l'autre con ?

Je le regarde, ahurie, je n'ai pas de mots, et j'hésite un instant sur la réponse à faire.

—Stan, je rêve ou tu es en train de me faire une crise de jalousie ?

—Je… Euh… enfin…

Bienvenue dans la cour de maternelle. Je m'éclipse cinq minutes pour appeler à la maison et vérifier que les garçons ne rendent pas Mireille chèvre. Et, décidément, rien ne tourne rond aujourd'hui, car elle m'annonce que les enfants sont déjà au lit et n'ont même pas demandé à jouer à la console. C'est la pleine lune ou bien ? Notre voisine insiste pour que je profite de la soirée même si je rentre tard. Je vais en profiter oui. Cette journée m'a mise sur les rotules. Je rejoins donc toute l'équipe sur le plateau, qui s'est transformé pour l'occasion en bar géant. La musique est à fond et je ne reconnais pas la moitié des gens. La maquilleuse se précipite sur moi.

—Nan, mais Chloé comment tu fais ? Ils sont tous dingues de toi !

Elle est surexcitée et semble vouloir partager avec moi les secrets de toute la chaîne.

—Ah ?

—Nan, mais t'as rien remarqué ? Regarde le bidule, là, s'il avait pu, il t'aurait sauté dessus pendant le tournage ! me crie-t-elle dans les oreilles pour couvrir le bruit de la musique.

Elle fait bien entendu allusion à « tu sais qui » (dont je tairai définitivement le nom).

—Mais c'est pour rendre jalouse Pat…

—Pff, mais non ! Il l'a sautée un soir, il s'en fout d'elle, insiste-t-elle avec un brin de méchanceté.

—Ah…

—Et puis j'ai cru que Stan allait lui faire bouffer son micro.

Oui, alors ça, je m'en suis rendu compte toute seule.

—Ah…

Sans doute lassée par ma grande conversation, la maquilleuse trouve une autre cible pour ses confidences de beuverie. À la réflexion, je ne vais peut-être pas rester… Car j'ai à peine le temps de me remettre des hurlements de ma précédente interlocutrice que Stan s'approche. Il semble toujours bougon et je n'ai pas très envie de me prendre la tête.

—Je peux te parler deux minutes ?

Ça sent le plan foireux.

—Écoute Stan, je suis désolée, mais…

—Je ne te plais pas, m'interrompt-il.

À question directe, réponse directe, non ?

—Écoute Stan, tu es mignon, tu es sympa. Mais tu vois, je suis veuve, depuis quoi… cinq mois ? Alors les histoires de cœur et de cul, ce n'est pas franchement ma priorité.

Allez, prends ça dans ta face. Je commence à être agacée par tout cet égocentrisme et ce narcissisme de bas étage. Pourtant Stan ne semble pas vouloir lâcher prise si vite.

—Je comprends. T'as raison, je suis con. Mais je sais pas, j'ai vu rouge avec l'autre abruti là, me lance-t-il comme une bouée.

Il a un air penaud qui me ferait presque regretter d'être si dure avec lui. Mais la vérité, c'est qu'il ne me plaît pas. Veuvage ou pas. J'ai pu l'observer ces dernières semaines, et même s'il est très gentil, il possède ce côté éternel ado qui me hérisse le poil. Pour autant, je n'ai pas non plus envie de le blesser. Déjà, Patricia a bien failli piquer une crise de nerfs, mais heureusement, j'ai pu lui glisser à la sortie du tournage que cet animateur « de m… » ne la méritait absolument pas, ce qui a fait baisser sa température de quelques degrés. Elle a pleuré sur mon épaule quelques secondes avant de se reprendre et de me la jouer « À bas les hommes, vive les femmes ». Je dois aussi maintenant consoler mon réalisateur et l'assurer de ma fidélité, tout amicale qu'elle soit.

—Oui, mais c'est lui qui provoque. Moi je m'en moque. Il n'est pas du tout mon genre et puis…

—T'as autre chose à faire, me coupe-t-il encore une fois.

—C'est ça.

Voilà une bonne chose de réglée. Le message est passé et je suis à peu près certaine qu'il va se faire un malin plaisir de le transmettre à toute la gent masculine du quartier.

Quand je rentre, il est presque deux heures. Ma tête tourne, car au bout du compte je me suis laissée aller à boire plus d'un verre, à rire pour des bêtises et même à danser un peu ! Mireille somnole sur le canapé. J'ose à peine la réveiller, mais quand elle ouvre les yeux et qu'elle me voit penchée sur elle, elle sursaute et pousse un grand cri.

—Je ne voulais pas vous faire peur. Je ne savais pas comment vous réveiller. Je suis désolée, Mireille. En plus, il est tard…

—Ma petite, ça suffit. Vos garçons sont adorables et très bien élevés et cela me fait plaisir de vous voir avec un peu de rose aux joues. Allez, je vais me coucher. Quand vous voulez pour les mômes, et si vous avez besoin de moi plus souvent, n'hésitez pas ! J'ai pas grand-chose à faire de mes journées et c'est gratuit !

Je ne sais pas si ce sont les effets secondaires de ma soirée de débauche, mais l'humeur des enfants ne semble pas s'améliorer. Ils ont toujours l'air pressé que je parte, et, quand je rentre, toujours surpris, comme si je les prenais la main dans le sac. Mais dans le sac de quoi ? Ils ont collé à la porte de leur chambre un énorme « Interdit d'entrer » et je me dis que l'adolescence est bien trop vite apparue. Ils m'engueulent si j'ai le malheur de rentrer sans frapper. Ils ont fouillé dans les cartons de photos, ils m'ont posé aussi un tas de questions sur leur naissance, sur notre histoire.

## 26
# Charlotte

Si je ne me calme pas, Maman va finir par soupçonner un truc. La lettre a dû arriver il y a au moins une semaine. Je ne pense qu'à ça. Je n'arrive plus du tout à me concentrer sur mes devoirs. Je m'arrête à la loge du gardien matin et soir pour savoir si j'ai du courrier. Je n'en peux plus d'attendre. Je sais bien que ma lettre a dû faire l'effet d'une bombe. Et si ça se trouve, c'est Chloé qui l'a trouvée. C'est elle qui l'a interceptée et je n'aurai jamais de réponse parce qu'elle ne voudra vraiment plus jamais entendre parler de moi. Et je ne verrai jamais mes frères. Et si elle en parle à Maman ? Oh là là ! Je vais avoir plein d'ennuis, je le sens. Mais qu'est-ce qui m'a pris ? Et je m'attendais à quoi ?

Ce soir, en rentrant de l'école, je ne passe pas chez le gardien. J'en ai assez et puis ça ne sert à rien d'attendre. Si ça vient tant mieux, sinon tant pis, je pourrai au moins me dire que j'ai essayé ! Je n'ai pas de baby-sitter cette semaine parce que Maman a décidé de travailler de la maison. Elle prépare une très grosse réunion, à Paris encore, et elle dit que chez nous c'est plus calme qu'au bureau. Si seulement on pouvait faire la même chose avec l'école ! Pour pas la déranger, j'ai ma clé. Le principe, c'est que je sonne et j'ouvre la porte, comme ça si elle est pas occupée à ce moment-là, elle peut venir prendre un goûter avec moi et on se raconte notre journée. Sauf que mes journées c'est surtout d'imaginer comment ça va se passer avec mes frères… et je me vois mal lui raconter ça.

Je sonne, j'ouvre. Je la vois de dos, assise sur la table de la salle à manger avec des oreillettes : elle est au téléphone et parle anglais. C'est classe l'anglais, quand je serai plus grande je veux être comme elle, bilingue. Quand je l'entends, c'est comme si je rentrais dans un film avec la vie de New York, les héroïnes qui courent après le grand amour… Je sais pas pourquoi, mais parler l'anglais, ça me fait rêver comme si l'impossible n'était plus un rêve, mais se trouvait juste derrière ma porte. Je vais poser ma clé sur la petite table de l'entrée, quand je vois que le courrier est déjà là. Bim, bam, boum ! Je sens mon cœur qui s'arrête. La première enveloppe que je vois porte mon nom.

*Mademoiselle Charlotte Jeanson*

Écrite à la main, très appliquée. Mais ça ressemble beaucoup à une écriture d'enfant. Ouh là là, j'ai peur. C'est eux, j'en suis certaine. Faut surtout pas que Maman voie, je pose la main sur l'enveloppe et c'est pile le moment où elle se retourne pour me faire signe d'aller dans la cuisine. D'un coup, j'ai le cœur qui me remonte dans les oreilles tellement il bat fort ! Je lui fais un sourire qui, à mon avis, ressemble surtout à une grimace, et je glisse l'enveloppe dans ma poche en hochant le menton pour lui dire OK. J'ai eu chaud. Elle n'a rien remarqué. Je fais comme si de rien, enfin j'essaye. Je vais attendre ce soir d'être dans mon lit pour lire la lettre. Ça va être long, trop long !

Au dîner, Maman me jette un regard bizarre. Elle se doute de quelque chose ? Pourtant je joue la petite fille modèle en mettant la table, en récitant mes leçons par cœur et j'ai même rangé ma chambre !

—Ce n'est pas possible, tu as quelque chose à me demander ?

Et comme je ne réponds pas, elle ajoute :

—Ou alors tu me caches quelque chose ? Une grosse bêtise ?

Je dois être toute rouge, mais je dois changer de sujet, et vite (j'ai beaucoup de mal à mentir) :

—Non, non. Mais on a eu beaucoup de devoirs aujourd'hui, je suis un peu fatiguée.

À vingt heures, je me couche. Ça n'arrive jamais, donc je lui demande la permission de lire au lit. Je prends un livre assez grand dans lequel je pourrai cacher la lettre si jamais Maman entre dans ma chambre. J'ai peur. J'ai très très peur. Je déchire presque l'enveloppe.

Dedans, il y a une feuille de cahier arrachée et pliée en quatre, la photo que j'avais envoyée et une autre. Basile et Théo en gros qui font un grand sourire auquel il manque des dents. Je commence à lire :

*Salut Chacha-crée surprise,*

*Moi c'est Basile.*

**Et moi, Théo.**

*On a bien eu ta lettre.* **On n'y a pas tellement cru.**

*C'est vrai, c'est dingue ce que tu nous dis.*

**Et puis on a bien regardé ta photo. Et on a trouvé que tu nous ressemblais vachement.**

*Alors on a été hyper en colère : c'est vrai ! C'est pas cool d'apprendre qu'on a une ~~demi~~-sœur alors que notre Papa est mort. Mais après on s'est dit qu'en fait, c'était trop génial.*

**On est un peu** *(beaucoup)* **fâchés contre Maman** *(parce qu'elle nous a rien dit)* **et contre Papa** *(c'est quand même un sale menteur, il nous a rien dit pour toi.* **Et pourquoi ?). Donc pour le moment, on veut rester cachés, on veut te connaître. Mais les lettres par la poste, avoue, c'est ringard. Nous, on a une tablette, on peut y jouer certains soirs et le week-end. C'est mieux, non ?**

*Alors on a créé deux adresses mail (on a fait semblant de chercher un truc et on a abusé grave notre baby-sitter. En vrai c'est une mamie trop géniale. On te racontera).*

**Donc tu peux nous écrire à Basthé@gpail.com, et toi ton mail c'est chachassure@gpail.com, et ton mot de passe : Frangins-10.**

*On va pouvoir s'envoyer des photos, se parler !*

**On est contents en vrai d'avoir une sœur. C'est trop top.**

**Gros bisous,** *Bas***Thé**

J'ai plus de souffle. J'ai le cœur qui va exploser. Je suis tellement, tellement, tellement heureuse ! Mes frères. À moi. Mes F-R-È-R-E-S !! Je lis plusieurs fois leur lettre. Je regarde chaque détail, comment Basile écrit, les fautes, tous les petits mots. J'ai très envie d'aller prendre la tablette qui est dans le salon, mais Maman ne doit pas être couchée, et elle ne voudra jamais que je la prenne ce soir. Il est trop tard. Il va falloir que je sois patiente. Au moins jusqu'à demain après l'école. Pff, c'est trop long. Qu'est-ce que je vais leur raconter ? Est-ce qu'ils m'ont déjà envoyé un message ? J'ai beau essayer, je n'arrive pas à m'endormir. Je suis trop excitée et trop heureuse. Ce soir, j'envoie même des bisous au ciel pour dire merci à notre Papa. Je ne vais pas rester toute seule. Je vais avoir une deuxième famille. J'ai deux frères !

Je rentre de l'école, je prends mon goûter, je papote avec Maman entre deux rendez-vous téléphoniques, je fais mes devoirs, je récite mes leçons, je prends ma douche, je mets le couvert.

—Maman, est-ce que je peux jouer un peu avec l'iPad ?

Je m'enferme dans ma chambre, je recherche l'application Gpail que je cache bien (Maman ne la trouvera pas, c'est toujours moi qui installe et lui explique comment cela fonctionne). J'entre l'adresse, le mot de passe, et dans la boîte de réception, je vois un message de BasThé : « Salut toi ». Je clique, je lis. J'ai déjà préparé dans ma tête ce que je veux leur raconter. Il y a une pièce jointe. C'est une nouvelle photo d'eux.

Elle est floue et on ne les voit pas très bien, mais c'est pas très grave. Ils font une grimace dessus, cela me fait rire. Je les connais déjà. On est déjà liés. Je vais pleurer. Dans mes plus beaux rêves, je n'aurais jamais cru que cela se passerait aussi bien.

*Salut toi,*
*Bienvenue sur notre messagerie secrète. On t'a déjà dit beaucoup de choses dans la lettre, mais nous, on voulait savoir : quelle maladie t'as eue ? Comment s'appelle ta maîtresse ? Tu es aussi en CM1 ? Et t'as des copains ? On n'a pas trop de temps aujourd'hui, mais on te répond vite. Bisous. BasThé*

Je regarde l'heure, Maman m'a donné exactement trente minutes avant de passer à table. Il m'en reste treize. Est-ce que c'est assez ? Sinon je terminerai demain.

Salut vous,
D'abord un grand grand merci. Je n'attendais plus votre réponse. Mais je comprends, ça a dû être un gros choc. Je suis tellement contente que vous vouliez bien me parler. J'ai pas trop le temps ce soir non plus, mais je vous résume mon histoire avec ~~Papa~~, Claude (pardon, mais j'ai encore du mal à dire Papa, j'ai l'impression de vous le voler), ma maladie et l'opération. Je suis née avec un rein qui fonctionnait pas et l'autre, pas très en forme. Quand j'ai eu six ans, ma santé est devenue très fragile et le médecin (qui était amoureux de ma maman, du coup il était très gentil avec moi) a dit que j'allais

mourir si j'avais pas de greffe (ça veut dire qu'une autre personne vous donne un organe). C'est là que ma maman, Renée, a rappelé notre père et lui a avoué que j'existais (comme dans un film !). Pour pouvoir me donner son rein, Claude a expliqué à votre maman qu'il était inscrit sur une liste de donneurs (ça existe vraiment) et qu'il était compatible avec un inconnu. Il avait insisté pour venir seul et comme c'était pendant l'école, votre maman l'a laissé faire. Bon, ben en fait, c'était pour moi l'opération, et il est resté le temps de se remettre.

Sinon ma meilleure copine s'appelle Joséphine. Elle a le bras cassé, du coup je copie toutes les leçons pour elle sur des polycopiés. Ma Maman m'a raconté que c'est un peu l'ancêtre de l'imprimante. En gros c'est une feuille violette en carbone qu'on met entre deux feuilles normales. On écrit sur celle du dessus et ça copie sur celle du dessous. Mon amie, comme ça, elle a pas besoin de se forcer à écrire de la main droite alors qu'elle est gauchère. Moi aussi je suis gauchère, et vous ? Zut ! C'est déjà l'heure. Maman m'appelle à table.

Bon app, Chacha

# 27
# Chloé

J'ai de nouveau rêvé de toi. Serait-ce le signe que je te pardonne ? Tu riais dans mon rêve, tu semblais joyeux et rayonnant. Et quand j'ai ouvert les yeux, la solitude et le poids de ton absence ont mis un peu plus de temps à me rejoindre. Moi aussi je souriais. J'ai la photo de Charlotte toujours bien cachée dans la table de nuit, et je la regarde tous les matins. Cela est devenu un rituel, qui me faisait très mal au début et qui me devient nécessaire.

À la maison, notre routine a semblé prendre la voie du crash ces derniers temps. Théo cherchait la bagarre, Basile me posait des questions sur l'opération :

—Maman, Papa, il est pas mort parce qu'il a donné son rein ?

Comment cet épisode, qui à l'époque était extraordinaire par sa générosité (salaud), lui revient-il maintenant ? Se doute-t-il de quelque chose ? Et puis, Théo enchaîne sur l'accident, demande si on connaissait tout le monde à l'enterrement.

—Non mon chéri. Papa avait beaucoup de collègues, et puis il y avait les amis de vos grands-parents.

Lorsque j'en ai parlé à Maxence et que je lui ai demandé si je devais m'inquiéter, si les enfants n'étaient pas au courant, s'ils n'avaient pas trouvé un indice, elle m'a ri au nez : « C'est la culpabilité qui vient te hanter ! » Et puis les choses se sont tassées. Ce n'est donc pas la peine que je me rajoute des faux soucis alors même qu'après cette petite période de crise, Bas et Théo ont l'air de planer à cent miles et d'être très heureux ! Ils pouffent, ils rient, ils complotent, ils en oublient de se disputer et de me provoquer. Sans doute préparent-ils une de leurs bêtises... Mais comme ils rejoignent tes parents et Maxence à la mer, j'ai confié à ta sœur le soin de m'avertir si elle découvrait quelque chose. Pour leur départ, ils m'ont demandé deux choses : la tablette. Ils prétextent des révisions de maths sur une appli genre « démente M'man » et me promettent de ne pas jouer, « enfin pas trop ». Je ne vais pas dire non, mais je les ai prévenus qu'ils seraient obligés de respecter les règles imposées par leur tante. Et la seconde chose, plus inédite : ne pas faire le ménage dans leur chambre. Là, j'en suis restée pantoise.

—M'man, promis nous, on va tout ranger et tout laisser super propre, craché juré.

—Il faut bien quand même que je fasse un peu de ménage, que je trie vos vêtements et que je change les draps...

—Nan !! On fait tout Mamounette, me promet Théo.

Ils n'ont pas l'air honnête et, j'en suis de plus en plus certaine, ils préparent une grosse connerie. Mais j'ai beau menacer, grincer, ruser, charmer, rien n'y fait, ils ne cèdent pas un centimètre de terrain. Ils refusent catégoriquement que je rentre dans leur « espace vital ». Et vu qu'ils ont des résultats excellents à l'école, merci Mireille, que je n'ai eu aucun mot ni avertissement de l'école depuis l'incident de Théo, que veux-tu que je réponde ? Je n'ai pas d'autre option que de céder. Mais comme je suis aussi roublarde qu'eux, je m'amuse à les provoquer pour les pousser à bout :

—Et si y'a le feu ?

Ils me lancent de concert un regard noir et restent muets.

—…

—Je fais quoi ? Je ne sauve pas de doudous, de Lego ?

—…

Ils ont compris que je me foutais de leurs têtes, ils croisent les bras et froncent les sourcils.

—OK… je vous promets !

—Merci Maman ! Tu es la meilleure !

Ouais… J'ai bien l'impression de m'être fait avoir et de n'avoir aucune autorité sur ces deux garnements.

Le départ est moins difficile cette fois-ci même si le vide qu'ils laissent dans mes bras en montant dans le train est toujours aussi grand et insupportable. Je ne m'écroule pas. Je rentre, je fais couler un bain, j'allume des bougies et écoute Jack Johnson en fond, un verre de vin, une cigarette, et je me détends. Je laisse voguer mes pensées. Les mois écoulés, la douleur, l'absence et la souffrance, le combat de chaque matin, tenir debout et avancer. Ton amour, toujours aussi fort, mon deuil qui s'allège. Je voulais mourir pour ne pas avoir à te survivre, je me surprends à vouloir vivre pour mieux te survivre. T'honorer en réussissant à être heureuse sans toi. Charlotte et Renée vont devoir intégrer nos vies, je m'y sens chaque jour un peu plus prête et je m'y prépare. Mais je ne veux rien brusquer, ne pas mettre en péril ce léger équilibre que j'ai trouvé avec les enfants, cette belle euphorie que me procure ma nouvelle carrière. Si je pouvais devenir la Cyril Lignac au féminin ! Finies les angoisses de fin de mois ! OK, faut pas non plus trop rêver, mais les retours de l'émission sont excellents. Le contenu des interviews plaît et ma présence pour proposer des recettes nouvelles et élégantes qui sont aussi à la portée de tous semble être une réelle valeur ajoutée au programme. La production a validé un livre par « saison » qui retrace en images les meilleures interviews données et les desserts qui les accompagnent. Le premier paraîtra en septembre. Je sors de mon bain, sereine et presque reposée, j'ai envie de voir du monde, mais aussi juste de me poser sur le canapé et de regarder un bon vieux film. Ta sœur m'appelle quand les garçons arrivent, on se parle, on rit un peu, les gosses crient derrière. Tes parents sont heureux d'avoir tous leurs petits-enfants autour d'eux pour ces vacances, cela leur permet de laisser de côté leur douleur et leur vieillesse. Finalement, je choisis l'option film. Entendre nos fils et toute la tribu ensemble m'a donné un peu le cafard. Pour moi, la famille, avant nous, avant les jumeaux, cela se résumait à une définition dans le dictionnaire : abandon. Nous ne parlions pas souvent de mon père. C'était ce qu'on appelle LE sujet tabou, celui qui faisait mal avant même de l'entamer. Mon géniteur est peut-être mort à l'heure qu'il est, je ne sais pas.

Notre dernier contact remonte à notre mariage. Tu ne l'avais jamais rencontré, et je ne voyais pas l'intérêt d'inviter un inconnu à cette journée qui devait être unique et précieuse dans nos vies, mais toi avec ton satané sens de la famille, toi avec ton esprit de saint-bernard, tu avais insisté.

—Envoie au moins un faire-part, laisse-lui l'occasion de faire un pas vers toi, on ne sait jamais, il regrette certainement.

Tu ne comprenais pas qu'on puisse abandonner son enfant, tu n'acceptais surtout pas qu'on ne puisse pas m'aimer. Tu voulais m'offrir le plus beau jour de ma vie, avec tout le tralala hyper-romantique. Moi, je m'en moquais parce que, symboliquement, je t'avais déjà dit oui pour la vie en portant nos enfants, en te faisant ma demande. Je n'avais pas besoin du reste, mais tu y tenais tellement. Alors j'ai envoyé un faire-part. Et, en réponse, j'ai reçu un chèque. Deux mille euros avec ces quelques mots : « Voilà de l'argent pour ta robe. Cela devrait suffire. Félicitations et belle continuation, Hervé. »

Il n'avait même pas signé « Papa » ou « Ton père ». Je n'ai jamais encaissé le chèque, je l'ai encore quelque part au fond d'un carton pour ne jamais oublier qu'il m'a délaissée. Le mot « famille », je l'ai apprivoisé avec toi, tes parents, ta sœur, nos enfants. Avec l'arrivée des garçons dans nos vies, tout cet amour m'a sauté au visage et m'a envahie, encore plus fort, encore plus dingue. La trahison de mon père m'est devenue d'autant plus intolérable. Je ressentais si fort ce qui nous liait toi, les jumeaux et moi. Lorsque je te voyais t'illuminer à chaque regard, câlin, sourire de nos deux garçonnets, l'absence de celui qui était mon père et son rejet me brisaient mille fois plus qu'avant. Il m'aura fallu des années pour faire le deuil de « lui », et d'un amour qui aurait dû être naturel. Mais j'y suis parvenue parce que, comme tu le disais souvent, j'ai cette rage de vivre et d'être heureuse qui me sauve toujours. Encore aujourd'hui. Parce que je n'avais jamais imaginé que toi aussi tu m'abandonnes. Que toi aussi tu me mentes. Parce que je n'avais jamais imaginé que je devrais écrire le mot « bonheur » sans toi. Mais je n'ai pas le choix. Il y a Basile et Théo, et moi. Même si tu as été lâche, même si tu n'as pas assez eu confiance en moi, eh bien, mon amour, je t'aime, et je me lève chaque matin en voulant trouver un petit point d'optimisme dans mon horizon et je me couche chaque soir en cachant dans mon cœur une petite part de la joie que les enfants y ont semée.

Je me suis endormie sur le canapé, un petit filet de bave sur le coussin, le cou tordu par une position improbable, le générique de *Beignets de tomates vertes*[1] qui tourne en boucle sur le DVD. Il est très tard quand je me traîne au lit, et en ce premier dimanche de vacances sans les enfants, je m'octroie

1 Film américain réalisé par John Avnet en 1991, racontant une histoire d'amitié entre deux femmes pendant les années 1930.

une sacrée grasse mat. Je profite de ma solitude pour prendre le temps de détailler la photo de Charlotte. J'attrape mon téléphone et je compose mon premier message.

Bonjour Renée. Je voulais prendre de vos nouvelles, à vous et Charlotte.

La réponse ne se fait pas attendre.

Bonjour. Nous allons bien. Et vous ?
J'ai vu votre émission. Vous passez
très bien à la télé.

Oh ! Merci ! Ça va. De mieux en mieux. Les garçons sont en vacances pour une semaine chez leur tante. Charlotte est-elle aussi en vacances ?

Non, c'est la semaine prochaine.
Nous partons au ski.

Il y a encore de la neige ?

Je me lève et vais me faire couler un café, le téléphone à la main.

Oui dans les glaciers. Pourquoi m'écrivez-vous ?

J'avance vers le pardon.

L'attente est un peu plus longue, ce qui me laisse l'opportunité de me remettre sous la couette.

OK.

Merci pour votre patience.

Je vois sur mon écran qu'elle pianote, mais elle doit réfléchir et effacer plusieurs fois ses mots, car plusieurs minutes s'écoulent avant qu'elle m'annonce la nouvelle.

Je vais certainement accepter un nouveau poste.

Oh cool ! Quand ?

Pas avant la rentrée pour que Charlotte ne change pas d'école en cours d'année.

Ah... vous déménagez aussi ?

Je me prélasse au fond du lit, je discute avec l'ancienne maîtresse de mon mari décédé et je trouverais ça presque drôle, mais le message suivant me repose soudain les pieds sur terre.

Oui. Le job est à Paris.

Ah...

Que voulais-tu que je réponde ?

Et je vais l'accepter.

Je suis happée par une peur indicible. Ses derniers mots résonnent comme un ultimatum.

Évidemment, si je m'en tiens à ma ligne de conduite, je ne suis obligée de rien, après tout, je ne suis pas responsable de la situation. Si Charlotte et Renée sont à Paris, je n'arriverai pas à les laisser sur le bas-côté, faire comme si elles n'étaient que deux ombres, mais là, tout de suite, je suis incapable de gérer cette nouvelle information. Et si je continue à mentir, je vais finir avec un ulcère.

Merci, chéri, pour le cadeau.

## 28
# Renée

Je fixe les mots que j'ai moi-même tapés en me demandant ce qui m'a pris :

Et je vais l'accepter.

Il a fallu que Chloé m'écrive pour que la décision s'impose d'elle-même.

On m'a fait une proposition professionnelle plus qu'alléchante, et la carrière qui doit découler de ce nouveau poste est celle pour laquelle je me suis tant battue toutes ces années.

Mais… Paris ? Suis-je certaine de vouloir prendre ce risque ? Déraciner Charlotte, l'installer si proche d'une famille qui ne sait rien d'elle ? Et moi ? Reconstruire mon réseau, m'imposer encore ? Oui ! Évidemment que oui ! Oui pour offrir à ma fille la chance de découvrir autre chose, de la propulser vers un autre horizon, et tant mieux si au passage elle fait la rencontre de sa famille. SA famille. Cela me fait mal. Je suis sa mère, son pilier et son centre de gravité. Mais jusqu'à quand ? Ai-je le droit de ne la garder que pour moi ? Ne dois-je pas amorcer son chemin vers les autres ?

Ma décision est donc prise. Nous irons à Paris. C'est le week-end, mais je sais que les pontes de la société attendent ma réponse. Comme un automate, je tape les quelques lignes qui engagent notre avenir. Je calcule vite le temps que cela prendra pour officialiser la situation, quand je devrai en parler à Charlotte, et l'époque à laquelle nous pourrons effectuer des recherches d'appartement. J'ai envie d'être heureuse, de m'accorder cet instant bref et éphémère de joie enfantine. Avant, avant ma fille, avant Claude, avant le divorce, j'étais téméraire, je prenais des risques, j'adorais les défis que je relevais sans cesse. C'est ce qui, à l'époque, a tant charmé mon ex-mari. Il a compris qu'avec moi à ses côtés, il pourrait grimper les échelons. Prendre des initiatives, aller au front, décrocher mon téléphone. C'était si facile. Et puis, le ventre vide, les médicaments, le temps qui passe et qui vole les illusions. Mon ex a eu vite fait de trouver une autre Renée, plus jeune, plus fougueuse.

J'entends Charlotte qui gratte à la porte de ma chambre.

—Qui est-ce ?

Elle pouffe.

—C'est moi ! répond-elle d'une grosse voix.

—Ouh là, mais c'est qui, toi ?

Je compte dans ma tête jusqu'à trois, et je sais qu'elle va ouvrir la porte et se jeter dans mon lit en criant : « Le grand méchant loup ! » Nous rions, et elle vient se blottir sous la couette contre moi. Ces instants de complicité et de tendresse volés à mon quotidien surchargé me ressourcent. Je caresse ses cheveux, la renifle comme pour me droguer de son odeur de petite fille et lui demande si elle a bien dormi. Elle est depuis quelque temps plus mystérieuse. Je soupçonne un premier amour. Car je la vois qui farfouille, dessine, me demande d'imprimer ses plus belles photos. Mystérieuse et heureuse. J'ai tenté une approche pour en savoir un peu plus. Pour toute réponse, j'ai eu droit à un « Maman ! » agacé, mais rougissant. J'espère qu'il n'est pas trop âgé… Mais elle n'a pas encore dix ans ! Je la serre fort dans mes bras.

—Je t'aime, tu sais.

Elle lève son beau regard vers moi.

—Moi aussi.

Et elle se pelotonne un peu plus contre moi.

Notre dimanche est parfait. Nous allons bruncher dans un vieux café du centre de Lyon, puis nous promenons avant d'aller au cinéma. J'ai la sensation de ne pas avoir eu de vie normale avec elle depuis trop longtemps. Entre la maladie puis l'arrivée de Claude dans nos vies, la normalité n'a pas été notre priorité. En rentrant, je lui prépare un bon chocolat chaud. Puis le soir, bien après qu'elle est couchée, je reçois un mail de confirmation de mon nouveau boss : il accepte que je prenne mes fonctions à la prochaine rentrée scolaire de ma fille.

# 29
# Chloé

Sara m'a invitée à déjeuner. Elle vient d'une famille totalement dysfonctionnelle : des parents divorcés deux ou trois fois, remariés entre eux, des demi-frères et sœurs à droite et à gauche, mais elle, au milieu de ce chaos, est le centre névralgique, le pilier, l'âme qui réussit l'exploit de réunir toute cette smala à l'italienne, bruyante, envahissante, insolente et surtout entièrement inconsciente, un jour par an à l'occasion de l'anniversaire du premier mariage de ses parents. Le clan de Sara est une pièce de Molière, un vaudeville contemporain. On la contemple, on la dévore des yeux et du cœur, on la savoure, on la peint, on la boit et on n'y entre pas, sauf par amour. Pendant dix ans, nous avons, toi et moi, admiré ces tableaux vivants que Michel Ange nous envierait, et aujourd'hui je vis une nouvelle première fois sans toi et sans nos jumeaux, mais je n'ai aucune envie d'y penser. Je me prélasse un verre dans une main, allègrement rempli par Thomas, le mari effacé de mon amie, une assiette dans l'autre. Assise à côté de la grand-mère, Gran'ma comme ils l'appellent tous, je ris, oui je ris ! Il faut dire que Thomas n'a pas la main légère sur le nombre de verres qu'il me sert et que, sans doute la faute au SMS de Renée et au stress de ce qui m'attend encore dans les mois à venir, je me laisse aller à une euphorie grisée et grisante. Mon amitié avec Sara, c'est un coup de foudre. Elle est devenue ma sœur de cœur, tu disais d'ailleurs qu'elle me connaissait mieux que moi-même. Tout de mes blessures, tout de mes espoirs, tout de toi et de nous, tout de maintenant. Un regard suffit pour qu'elle jauge mon état mental. Mais aujourd'hui, c'est sa fête, c'est le moment de l'année où elle a besoin de moi, d'un tout petit soutien moral qui va du sourire à la vaisselle, de la conversation avec Gran'ma qui radote chaque année les mêmes histoires à m'interposer entre ses deux demi-frères, l'un très à gauche, l'autre plutôt de droite. Je sais aussi que le couple de Sara bat de l'aile. Je sais que Thomas ne sent pas à la hauteur de sa sculpturale femme, de sa famille envahissante, de ses rêves à lui. Mon amie aujourd'hui est triste. Elle a le sourire terne et le geste fatigué de celle qui ne veut plus se battre. Et je sais aussi qu'elle ne me parlera pas parce qu'elle fait passer ma souffrance avant la sienne. Parce que Sara pense toujours aux autres avant sa propre vie.

Je réussis à capter son attention, à la prendre à part.

—T'as l'air triste.

—Oh… ça va, réplique-t-elle en haussant les épaules.

Mais j'insiste d'une voix douce et ferme à la fois :

—Non, ça ne va pas, me la fais pas à l'envers s'il te plaît, on se connaît depuis trop longtemps pour ça.

Elle soupire.

—C'est pas le moment, là.

—Justement. Prends deux minutes. Pour toi, pas pour eux.

—Chloé, s'il te plaît.

Son ton devient presque suppliant. Pourtant, je ne cède pas.

—Prends ces deux minutes. Tu le mérites. Ils continuent tous le ballet sans toi. Ils y arrivent. Très bien. En revanche, Thomas et toi vous êtes au bord du gouffre.

—Merci. J'avais vraiment besoin qu'on me rappelle aujourd'hui justement à quel point ma vie est merdique.

Elle grelotte, et Sara toujours si sûre d'elle, Sara qui ne tremble jamais, l'arbre roi de la forêt qui ne plie jamais sous la tempête, Sara, ma Sara pleure. Dans mes bras, elle se laisse aller. Enfin.

—Pardon. Je ne devrais pas. Toi tu es seule, tu fais face. Tu assumes. Tu as perdu Claude et pourtant tu sembles plus forte que jamais.

—Là on ne parle pas de moi. On parle de toi. Juste de toi. Je suis là. Crache le morceau.

Et elle me déballe tout. Thomas a eu une aventure. Pendant des mois. Elle n'a rien vu, ou elle n'a rien voulu voir. Il lui a tout avoué. Hier soir. Parce qu'il lui en voulait de ne rien deviner. De ne plus être amoureuse. De le regarder avec mépris. Il se sentait bafoué en tant qu'homme, en tant que mari et partenaire, et il voulait qu'elle ouvre les yeux.

—Je ne lui en veux même pas. Je me suis demandé si je l'aimais encore. Cela ne m'a rien fait, tu sais, c'est terrible quand même. Mon mari depuis bientôt dix-huit ans m'a trompée pendant presque une année et je ne ressens rien.

Sa voix se brise à la fin de sa phrase.

—Tu es sans doute encore sous le choc, dis-je pour tenter de la rassurer.

—Non, non… La vérité, c'est qu'au fond de moi je savais. Il s'éloignait et je ne le retenais pas. Je ne voulais plus faire l'amour. Je n'avais pas besoin de me sentir belle dans ses yeux. Il m'ennuyait. Quand il partait en voyage, je me sentais plus légère, plus libre. Et quand il rentrait, j'avais un poids sur la poitrine.

—Tu l'aimes encore ?

—Je ne sais pas. Je ne sais pas, répète-t-elle.

—Et lui ? Il t'aime ?

—C'est ce qu'il dit. Il m'a trompée pour me rendre jalouse. Pour me faire réagir. Pour se sentir vivre.

—Tu vas faire quoi ?

—Je ne sais pas.

Nous restons seules un long moment dans sa belle cuisine. Elle reprend un peu de forces, nous buvons, trop. Les autres à côté continuent à faire la fête. Comme si de rien n'était. Au moment de partir, j'étreins fort Sara dans mes bras.

—Merci ma Chloé, je suis tellement désolée…

—De quoi ? De me laisser jouer mon rôle d'amie à mon tour ? Arrête. Appelle-moi, parle-moi.

Thomas s'arrange pour me raccompagner à la porte.

—Elle t'a tout dit ?

—Oui.

—Ne me juge pas s'il te plaît, me supplie-t-il.

—Je ne te juge pas. Mais c'est elle que je protégerai. Quoi qu'il arrive et même si tu as certainement de très bonnes raisons. C'est elle que j'aiderai.

—Je sais.

Je suis épuisée quand j'arrive à l'appartement. Je m'endors vite. Un sommeil lourd chargé de rêves dans lesquels tu me retrouves, léger et souriant. Demain est un autre jour comme dirait l'autre. Sara va retrouver son chemin. Avec ou sans Thomas. Elle a la chance de pouvoir choisir la suite de la route. Et je ne doute pas qu'elle va prendre la bonne décision, pour elle, pour leurs enfants, pour Thomas.

30

# Chloé

Patriiiiiiccccckkkkkk ! C'est Patrick Dempsey qui était l'invité de l'émission. Docteur Mamour en personne. Ton ennemi juré. Tu ne l'aimais pas parce que, oui, je l'avoue, devant *Greys Anatomy*, je me comportais comme une ado de quinze ans. Il est telllleeeeemmmmmeeeennnnnt sexy. Et désolée de te le dire mon chéri, mais encore plus en vrai. J'aurais pu me faire pipi dessus quand il s'est approché de moi pour que je lui explique comment on abaissait une pâte et préparait une ganache chocolat, toujours en trois fois, et que, surtout, il fallait partir du centre pour ne pas faire trop de bulles, et que oui… Ouh là là. Toutes les filles du plateau mouillaient la culotte, et moi, j'avais juste l'impression de suer et puer à vingt mètres. À la fin, il est venu me faire la bise.

—Merchi Chloé, tou as boucou de talente.

Oui oui boucou de talente et sinon, Patriiiccck, tou fais quoi ce soir ? Oh ça va, je te rassure, je ne suis pas allée aussi loin. Hélas !

—Merci, mais c'est juste mon travail, vous savez.

La conne ! Quand même il y aurait pire que se taper le Docteur Mamour pour avancer dans son deuil, non ? À place, j'ai droit à l'*ego* en mal-être de Stan :

—J'comprends pas ce que vous lui trouvez, à ce Dempsey truc-chose.

Encore émoustillée et ravie d'avoir pu approcher de si près l'acteur, je me moque de lui :

—En même temps, à moins d'être gay, t'as pas grand-chose à lui trouver, hein !

—Ouais, mais quand même, bougonne-t-il.

—OK il est super sexy, c'est juste un gros fantasme et c'est tout. C'est comme si je te demandais ce que tu pouvais trouver à Jennifer Lawrence ou… ?

—Eva Green, m'avoue-t-il, presque gêné.

—Voilà…

—OK, OK, me coupe-t-il, un brin agacé. Bon, mercredi y'a une soirée média. Y'aura pas mal de gros bonnets du milieu. J'y vais avec deux ou trois personnes de l'équipe, ça te dit de venir avec nous ?

Je dois arborer un air de panique, car je n'ai pas le temps de répliquer que Stan enchaîne, toujours énervé :

—C'est bon Chloé, arrête de psychoter. C'est pas d'la drague, le message était clair. Et puis je suis sur un coup en ce moment. Mais je t'aime bien, et j'me dis que, enfin vu ton, ta situation, bref…

Ouf ! Non pas que je ne sois pas flattée par l'intérêt que me porte mon collègue, après tout, il est pas mal, mais je n'ai pas vraiment pas envie de me faire embarquer dans un faux plan. Mais il semble sincère et vexé que je le pense aussi lourd.

—OK, c'est sympa, merci Stan. Pourquoi pas ? Les enfants sont absents cette semaine, donc oui… avec plaisir !

En attendant la soirée, je macaronne. La prochaine émission sera placée sous le signe des spécialités françaises, culinaires, les monuments, les singularités, les exceptions, les coups de gueule : tout ce qui représente l'image du *made in France* aux yeux des étrangers. La production a réalisé un sondage auprès des spectateurs pour savoir quelles pâtisseries symbolisaient pour eux l'excellence de notre gastronomie sucrée… Et devine quoi ? C'est le macaron qui est sorti premier ! Ah, tu peux rire de là-haut, tu sais, toi, combien je déteste réaliser des macarons. Déguster ceux de Pierre Hermé et même ceux de Ladurée, oui, mais les faire… Je ne sais pas pourquoi, mais entre eux et moi, il n'y a pas d'amour, c'est plus une histoire de ratage et de foirage. Ce n'est pourtant pas comme si je n'avais pas essayé, pas comme si je n'avais pas d'expérience, presque vingt ans de pâtisserie, bordel ! Pas comme si je n'avais pas pris trente cours, que je n'avais pas pleuré devant la porte du grand Hermé lui-même pour qu'il me donne un tour de main, un petit secret. Non, rien à faire, ils ne sont jamais parfaits, ils n'ont pas ce croquant moelleux du grand chef, la saveur fondante de ses petits trésors. Les macarons et moi, ça ne colle pas. Alors quand la productrice m'a dit sur un ton mielleux : « Ma p'tite Clo, ce serait bien que tu nous inventes une belle recette de macarons pour les invités de la semaine prochaine », j'ai cru défaillir. Et j'ai macaronné, macaronné. J'ai préparé des ganaches, eu les yeux rouges à force de chercher sur le Net des associations de parfum inédites et savoureuses, des techniques inratables pour pocher et faire sécher les coques.

Du coup, le mercredi soir, j'avais le cœur au bord des amygdales, et un trop-plein de sucre qu'un seul verre de vin menaçait de faire exploser. Aucune envie de sortir. Je me voyais plutôt dans le genre grosse flemmasse sur le canap, avachie devant une de mes comédies préférées. Mais évidemment mon nouveau meilleur ami légèrement pot de colle, Stan, n'a pas manqué de m'abreuver de SMS. À la limite du harcèlement tout de même.

RDV 19 h 30 au Carmen.

Si je fais la morte, tu crois qu'il m'oubliera ?

Te dégonfle pas, ça va être trop sympa.

OK, apparemment non seulement il s'appelle Seccotine[1], mais il aurait planqué un mouchard sur mon tel que je ne serais pas étonnée.

Clo ? T Là ??

Bon ben je crois que je vais répondre…

Oui suis là. Je sors de
ma cuisine et de mes macarons.
Suis vannée.

Tu viens hein ??

OK, mais pas tard…

1 Marque de colle.

Et me voilà, petit jean moulant, tee-shirt à paillettes, veste en cuir et bottines à talons (je me suis même offert le luxe d'un brushing pour lisser ma longue tignasse) dans mon Uber direction le neuvième arrondissement de Paris. Je me sens comme une gamine participant à sa première boum. Je me surprends même à me demander s'il y aura quelques mecs intéressants. Je déraille, c'est sûr, c'est tout ce sucre, ça m'a tourné les neurones.

Stan m'attend de pied ferme, un grand sourire aux lèvres. Si moi je me sens comme Vic[1] quand elle arrive en bas de l'immeuble de Raoul pour sa soirée, lui, c'est Pénélope tout excitée dès qu'un mec lui parle. On entre dans le bar et très vite pas mal de gens nous entourent, claquent la bise à Stan, lui parlent de projets, se moquent de la dernière couv de *Voici* avec tel animateur pris en flag avec une fille de la téléréalité. Ne me demande pas de noms, je n'ai rien retenu. On me sert à boire, on me propose des petits fours (salés, ouf !) et je lâche rapidement Stan, déjà lassée du côté m'as-tu-vu de la soirée. Le Carmen est un bar absolument magnifique, avec un mélange de Renaissance et de baroque, de classique et de libertin. J'aperçois dans une fausse alcôve un grand fauteuil qui me permet d'observer le spectacle du Tout-Paris de la télé sans en être trop vue. Je suis arrivée depuis à peine une heure, mais je ne me sens pas à ma place. Stan ne m'a pas menti : je le vois tout près d'une grande blonde, lui souffler dans le cou et il doit lui faire de l'effet, car en retour elle se colle un peu plus à lui, sensuelle et aguicheuse, ce qui ne laisse aucun doute quant à la fin de la soirée.

---

1 Référence au personnage de Sophie Marceau dans *La Boum*.

—Je peux m'asseoir à côté de vous ?

Je ne vais pas te la faire à l'envers ni te mentir. Quand je tourne la tête pour répondre, j'ai comme un arrêt sur image, un flou, un battement de cœur qui déraille. Debout, attendant ma réponse, une bombe. Atomique. Grand, mais pas trop, des cheveux châtain clair épais et mal coiffés, peau mate, yeux noirs avec une petite lueur amusée dans le fond de la pupille, le menton carré couvert d'une barbe de trois jours, une bouche dessinée à la perfection avec la lèvre du bas pulpeuse comme il faut… Vue de l'extérieur, la scène doit prêter à rire. Le dieu attendant sagement la permission de s'asseoir près d'une poupée muette, qui dit : « Oui, oui, oui, ouiiii. »

—Mademoiselle ?

J'aimerais parler, mais je ne suis pas certaine de réussir à prononcer la moindre parole. Je dois ressembler à un poisson gobant de l'air.

—Je peux ?

Il est temps de réagir au risque de le laisser filer.

—Euh… oui bien sûr, pardon !

Me voilà dans une situation périlleuse : je ne suis plus « la femme de », mais femme, simplement, et célibataire. Et la seule personne à qui je pense ? Toi. Soyons clairs, je viens d'avoir un craquage total pour un autre. Tu n'es plus là, tu es sous terre, tout le monde me dirait : mais oui, vas-y, il faut que tu refasses ta vie, fonce ! Et ce n'est pas cette idée qui me dérange, non, après tout, oui, je suis veuve… Non, ce qui me travaille, c'est que je puisse avoir le béguin pour un autre. Jamais, pendant toutes nos années passées ensemble, je n'ai été attirée par quelqu'un d'autre, je n'ai jamais cru une minute que l'herbe pouvait être plus verte ailleurs, je t'avais toi, et tu étais le seul et l'unique, l'amour de ma vie, mon soleil et ma lune, mon héros et mon fantasme, mon bonheur ne tenait qu'à ton sourire et je voulais m'y perdre pour le reste de nos vies. Une de ces vies a cessé brutalement, tu m'as laissée et tu m'as trahie. Je n'ai jamais considéré notre couple comme une aliénation, une prison dans laquelle je m'étais enfermée, et même si ce que je ressentais était très fleur bleue, très conte de fées, je m'en moquais. Je pouvais être une femme forte et indépendante et ne vouloir vivre que pour toi. Seulement quand ton soleil s'éteint et que la lune se cache derrière les nuages, il faut bien aussi reprendre un peu d'air. Et avoir envie de la bouche d'un homme ne signifie pas que je ne t'aime plus. Tu es moi, tu es celui qui m'a ouvert à l'amour et à l'esprit de famille. Ce qui me perturbe, c'est comment, alors que de ton vivant je n'aurais jamais imaginé ne serait-ce que fantasmer sur un « beau p'tit cul », j'en arrive aujourd'hui à vouloir humer le parfum de l'inconnu assis à côté de moi ? Est-ce que les hormones reprennent le dessus ? Un signal inconscient de mon cerveau qui dit : « C'est bon, tu peux y aller, il est temps » ? Mais… Oh et puis merde, et si je profitais juste du paysage avant de rentrer me blottir dans mes draps… seule ?

—Bonsoir, désolée pour le bug, j'étais… perdue dans mes pensées.

—Pas de souci, y'a de quoi faire des arrêts sur image ici, effectivement, enchaîne-t-il d'une voix profonde tout en s'asseyant sur l'énorme fauteuil collé au mien.

Je sais que je devrais dire quelque chose, lancer un début de conversation, mais ma gorge est asséchée par la chaleur que provoque sa présence.

—Je suis Axel, enchanté.

Il me tend une main chaude, grande, puissante qui avale la mienne, ridiculement petite à côté. Encore intimidée, je parviens malgré tout à articuler une réponse.

—Chloé.

Qu'est-ce qui m'arrive ? Il y a à peine dix minutes, je me lamentais sur mon veuvage et me voilà maintenant prête à faire de la pole dance pour aguicher ce bel inconnu ! S'il pouvait arrêter de me regarder avec cet air pénétrant, aussi !

—Ravi Chloé… je ne vous ai pas déjà vue quelque part ?

—Euh…

Merde alors, voilà qu'il me sort le plan drague le plus ringard du monde !

—Vous boguez de nouveau ? me lance-t-il en riant.

J'essaye d'adopter un ton léger pour lui répondre :

—Euh, c'est-à-dire que… vous avez conscience que vous venez de me sortir la phrase la plus nulle au monde ?

—Comment ça, je ne vois pas ? Oh zut ! Je vous promets… Je ne voulais pas… Enfin, finit-il par s'exclamer en éclatant de rire.

—À votre tour de boguer on dirait !

Et je ris de concert avec lui. Depuis quand cela ne m'est pas arrivé ? Cette légèreté ? Vivre l'instant sans le poids du passé, sans la culpabilité de ton absence.

—OK, j'avoue, c'est un peu lourd comme approche, mais je vous assure que…

Je mets fin à son supplice et le coupe.

—Je suis la pâtissière de l'émission *Petit thé entre amis !*

—Ah bah voilà, je le savais !

Il se tape fort sur une cuisse à la manière d'un Viking (sexy) et me tend son verre pour que nous trinquions ensemble. Il a un sourire à faire tomber toutes les minettes du coin. Il m'interroge sur le métier de pâtissière, il connaît Stan, « gentil, mais un peu lourd », et le temps file, dans un petit nuage de bulles, de sourires complices et de plaisanteries.

Axel est réalisateur de documentaires : il parcourt le monde aux côtés de grands aventuriers comme Nicolas Vannier. Séparé depuis peu, il n'a pas d'enfants. Il est drôle, il est beau, et il me fait me sentir belle et tout aussi drôle. Évidemment, nous ne finirons pas dans le même lit ce soir, évidemment, je vais jouer les Cendrillon, car cela fait déjà beaucoup trop d'émotions d'un coup, évidemment, je suis attirée comme une abeille par le miel, mais je ne vais pas céder. Et puis il n'a peur de rien : ni de poser sur moi un regard empreint de désir et de promesses de plaisir, ni de me poser des tas de questions sur toi, sur comment je m'en sors…

—Et vos jumeaux ? me demande-t-il, inquiet.

Je prends conscience que peu de gens, depuis que j'ai intégré le « milieu », se sont intéressés avec une réelle empathie, à ma vie en dehors des plateaux, aux garçons particulièrement. Une tendresse infinie se lit sur son visage et je ne peux m'empêcher de me demander si cela ne trahit pas un peu de pitié. Mais la proximité de son corps et la chaleur qui se dégage de nos gestes ne trompent pas.

—C'est dur, bien entendu. Mais les enfants ont cette force innée de vivre spontanément et souvent sans lendemain.

—Et vous ? Vous… bégaie Axel en hésitant à poser une main sur la mienne. Vous envisagez votre avenir comment ?

J'aurais aimé qu'il prenne le risque de me toucher, mais c'est aussi bien de garder une distance physique. Il a beau faire valser toutes mes hormones aux quatre temps, mon cerveau, lui, garde son sang-froid.

—Je n'en suis pas encore à savoir comment, mais je réussis à me lever chaque matin en me disant qu'il est possible de l'envisager.

Il pose un regard profond sur moi, qui descend lentement vers ma bouche et mon corps se tend d'excitation, se fond de chaleur, je sens chaque pore se dilater pour recevoir ce merveilleux cadeau : le désir d'un homme. Cette attirance est instinctive, sensuelle, presque animale, et pourtant délicate et douce. Nos mains s'effleurent dans un geste maladroit, malgré moi. Je m'arrête, je suspends cet instant, je veux rester dans cette bulle magique. Ce soir, je ne suis qu'une femme qui séduit un homme.

# 31

# Maxence

Ces vacances sont la bulle d'oxygène qu'il nous fallait à tous. Les garçons, les nôtres et mes neveux, vivent dans une liberté presque totale. Ils partent dès le réveil, enfourchant leurs vélos, vers des aventures de petits Crusoé des temps modernes. Ils ont décidé de construire seuls une cabane dans la forêt. De temps en temps, leur grand-père et mon mari les rejoignent pour les aider dans certaines tâches comme maintenir un tronc debout et le lier à la structure de leur château de bois. Maman retrouve le sourire et le goût de la cuisine. Elle aussi s'échappe tôt pour aller au marché, choisir tout ce dont elle a besoin pour mitonner de bons petits plats. Il m'arrive d'être seule, face à l'océan. Je regarde les vagues se former, elles me donnent l'impression de vouloir m'engloutir et m'emporter, loin de la réalité. J'ai l'habitude qu'on ait besoin de moi, d'être sollicitée, je suis celle qui décide, aménage, organise. Les jours qui viennent de s'écouler me donnent le sentiment étrange que l'ordre des choses se bouscule de nouveau.

Ce soir, Papa a exigé que nous fassions un grand barbecue, puis que nous jouions tous ensemble au jeu du Post-it. Avant… quand Claude vivait, Papa était joueur. Il participait avec entrain et mauvaise foi. S'il n'a jamais été un grand-père gâteux et gâteau, il a, malgré tout, été présent et attentif. Complexé par le fait qu'il n'avait pas étudié et qu'il avait été obligé de commencer à travailler à seize ans, comme beaucoup d'autres de sa génération, Papa était fier de ce qu'il avait construit : une famille soudée, deux enfants qui avaient « réussi » selon ses critères sociaux, et surtout de son fils prodige qui était la prolongation de ses rêves de succès. Nous avons toujours porté ses valeurs. En ce qui me concerne, jusqu'à l'épuisement. À remuer dans tous les sens pour qu'il remarque que j'avais aussi réussi ma carrière professionnelle, que mes études de chimie étaient autrement plus ardues que l'école de commerce de mon frère, je m'étais épuisée dans le vide.

Alors j'ai plongé dans le syndrome « Bree Van de Kamp » : quand la série est sortie et que j'ai découvert ce personnage, j'ai pleuré. C'était moi. Dans tout ce qu'il y a de pire. Je pouvais analyser avec effroi les coups d'œil de certaines mamans de l'école quand je faisais des tableaux Excel pour les sorties de classe, les kermesses, ou même ceux de mes fils et de mon mari : mon planning était mesuré à la seconde, mon réveil sonnait tous les jours de la semaine à 6 h 32. J'avais trois minutes pour m'extraire de mon lit. À 6 h 35 pétantes, j'étais debout. Je ne déroge à cette routine que pendant les vacances et si j'ai quarante de fièvre (ce qui n'est, jusqu'à présent, jamais arrivé).

J'ai perdu pied avec la mort de Claude, mais je n'ai pas voulu montrer ma défaillance, m'enfonçant un peu plus dans cette perfection insupportable de façade. Je me déteste, je déteste ce que je deviens. Je suis un clone d'être humain, programmé pour exécuter des tâches, sans plaisir, sans envie. J'en arrive certains matins à envisager de tout quitter, à remettre en question mon mariage et mes enfants…

Ces vacances ont donc apporté un souffle d'air, inattendu. Papa et Maman semblent vouloir revivre. Mon père surtout. Il rit, il joue, il fait des blagues. Et moi je me dis qu'ils n'ont plus besoin de moi, que je vais perdre toute utilité, que je ne suis personne. Est-ce possible de détester un mort ? De plus en plus souvent je me demande pourquoi ce n'est pas moi qui suis décédée, pourquoi je ne suis pas celle qu'on pleure, qu'on adule, dont on efface de la mémoire collective les défauts, les bêtises, la distance et l'oubli. Ils guérissent, mais gardent l'illusion d'un fils parfait. Si je pouvais leur dire et les remettre à leur place !

Mon mari soupçonne quelque chose. Il me dit qu'il me trouve changée, que je suis triste – sans blague ! – et que je parais en colère… Même avec Chloé, j'ai recommencé à faire semblant. Je ne peux pas lui avouer le trou dans lequel je tombe, mélange de culpabilité et de haine. Parfois, je me surprends à chuchoter la vérité : « Claude a une fille. » Alors je regarde, paniquée, autour de moi pour m'assurer que personne n'a entendu.

Il a fait un temps exceptionnel, et nous avons pu nous baigner. Nous avions presque la sensation d'une journée d'été. Je me suis laissée aller à la bonne humeur ambiante, j'ai même participé à un château de sable. Quand nous sommes revenus, pleins de sel, de coups de soleil, Papa a lancé le barbecue, Maman a préparé un apéritif, et nous sommes tous dans l'illusion parfaite que la vie est la même qu'il y a un an.

Nous passons à table.

Tout va bien. Nous buvons, nous rions, nous mangeons bien. Les enfants ont lancé un jeu d'imitations, ce qui nous amuse. Papa rit à leurs plaisanteries. D'un rire qui ne lui est pas habituel, mais qui fait plaisir à entendre. Gai, fort, communicatif. Mais il ne s'arrête pas. Quand Maman lui demande gentiment de se calmer, ce qui fait ricaner l'ensemble de la table, car il se fait gronder comme s'il avait dix ans, il fait une grimace. Maman se lève. Je suis grisée par l'alcool, je le trouve drôle. Mais il ne s'arrête pas. Il dit n'importe quoi. Maman lui parle. Il rit. Qu'il est bête ! Les garçons se roulent par terre de rire. Maman s'énerve, s'approche de lui. Il cafouille, il pleure de rire. Mon mari m'attrape le bras. J'ai encore envie de rire.

—Arrêtez !

Elle vient de hurler. Sa voix traduit la panique. Papa continue, il dit des mots sans cohérence, il rit, si fort, que des larmes coulent de ses yeux. Mais le charme est rompu. Ce n'est pas normal. Il n'est pas dans son état normal. Maman tente de lui poser des questions, il la fixe, il rit, encore. Mais alors que tout à l'heure nous le trouvions drôle, nous pouvons lire dans son regard le désespoir de l'homme qui ne comprend pas ce qui lui arrive.

Je dessoûle aussi vite que la panique s'empare de tout le monde. Mon mari gère les enfants, les emmène dans la maison, loin du spectacle effrayant de cet homme qui perd tous ses moyens. L'ambulance met du temps. Trop de temps. Il ne sort plus de son de sa bouche. Maman lui tient la main, le rassure.

Je ne pense qu'à une chose : je ne veux pas que mon père meure.

# 32
# Chloé

Mon téléphone sonne, il est minuit. La soirée bat son plein. Axel et moi ne nous quittons pas des yeux.

—Chloé, ne me dites pas que vous allez me faire le plan de la citrouille et du soulier de vair ?

Je ris, mais quand je regarde l'écran de mon mobile, mon cœur s'arrête. C'est ta sœur. Les enfants ! Axel se tait, car il comprend tout de suite à mon visage que c'est sérieux. Je m'éloigne de lui, du bruit, du monde et sors du bar tout en répondant :

—Oui ?

—Chloé ?

—Oui, oui c'est moi ! Qu'est-ce qui se passe ?

La voix de Maxence est totalement décomposée, je sens toute son angoisse et sa peur.

—C'est… c'est… c'est Papa. Il a… fait un AVC. Ça ne va pas du tout Chloé. Il faut que tu viennes.

Je m'appuie contre un mur, et je respire fort pour ne pas laisser les émotions m'envahir. Je dois assimiler la nouvelle. À l'autre bout du fil, ta sœur reprend aussi ses esprits.

—On a fait garder les enfants. Tout le monde est un peu sous le choc, mais ça va. Écoute… on ne sait pas… pardon, excuse-moi c'est trop dur… On ne sait pas s'il va passer la nuit.

La planète s'arrête une nouvelle fois de tourner. La peur de perdre ton père, la terreur non dissimulée dans la voix de ta sœur, ne pas pouvoir réconforter les garçons dans mes bras. Je voudrais partir tout de suite, mais je n'ai pas de voiture. Axel apparaît à mes côtés et me murmure simplement : « Je t'emmène. » J'aimerais argumenter, dire non, objecter que cela n'est pas correct, penser que tout le monde va jaser. La vérité, c'est que je m'en fous royalement. Ce mec a été envoyé (par toi ?) pour me permettre d'avoir l'occasion, peut-être, de dire au revoir à ton père, mon beau-père… que j'adore même s'il me tape sur les nerfs, parce qu'il m'a ouvert les bras, parce qu'il a pris bien plus de place dans ma vie que celle de beau-père. Il a été… Il est mon papa d'adoption. Après toi, je ne peux pas non plus le perdre, non, j'en ai marre. J'ai envie de m'écrouler, mais je n'ai pas le temps, je dois rejoindre la famille, être là pour eux. Je hoche la tête pour accepter la proposition d'Axel et je réponds à ma belle-sœur :

—J'ai trouvé une voiture. J'arrive.

Je ne repasse pas à la maison, je ne prends pas d'affaires de rechange. Je monte dans le véhicule disponible d'Axel. Nous sommes longtemps silencieux. Il y a à peine une heure, nous riions et flirtions, et nous voilà en compagnie du spectre de la maladie et de la mort pour faire le voyage avec nous. Nous achetons des cafés à la première station-service en dehors de Paris. Axel me suggère de fermer les yeux.

—Tu vas devoir être présente. Repose-toi, je conduis.

Je m'endors. D'un sommeil profond. Je n'entends plus rien, ni la radio, ni les arrêts au péage. Je sens juste la main d'Axel sur ma joue, douce et chaude.

—Chloé… nous sommes arrivés.

L'hôpital de Nantes. Je sanglote et suis assaillie par la terreur.

—Vas-y maintenant, Chloé.

—Oui… je… enfin, merci pour ton aide… je suis désolée que la soirée se termine ainsi.

Son regard est doux, sa main est apaisante.

—Moi aussi.

—Oui…

L'instant est en suspens, entre l'envie de me blottir dans ses bras et d'y trouver du réconfort et celle de courir rejoindre la famille.

—J'ai conscience que ce n'est ni le bon moment, ni le bon endroit.

Il marque une pause, sa voix grave tremble presque. Il hésite.

—Mais… Je ne sais pas comment l'expliquer, Chloé, cette rencontre ce soir, toi, moi…

Je crains qu'il ne fasse la déclaration qui gâche tout.

—Axel, je…

—Attends, laisse-moi finir. Je pars dans une semaine pour un reportage de six mois en Patagonie. Je te file mon numéro. Envoie-moi juste un message pour me donner des nouvelles de ton beau-père et me dire si on peut dîner ensemble à mon retour… OK ?

—OK…

Il prend mon visage entre ses mains et dépose une légère bise sur mon front. Alors que la mort vient encore taper à nos vies, j'ai honte de l'admettre, mais j'aurais besoin que son baiser ne soit pas aussi chaste, que la violence qui me tourmente soit effacée par le désir de son corps. Je ferme les yeux, les larmes coulent, en silence. Je retiens une seconde de plus ce baiser tragique. Je sors de la voiture. Il repart. Voilà encore une première fois : j'ai eu mon premier flirt, mon premier coup de cœur depuis toi. Mais l'instant s'est évaporé et j'ai d'autres chats à fouetter.

Ta sœur s'écroule littéralement dans mes bras. Je ressens toute sa douleur et sa peur me transperce la peau. Ta mère est enfoncée dans un fauteuil beaucoup trop grand pour elle. Elle ressemble à un fantôme, elle est décharnée et semble manquer une respiration sur deux. Elle me serre fort la main, incapable de se lever. Un son fluet et tremblotant sort de sa gorge quand elle me murmure un vague bonjour.

—Ma p'tite Chloé. C'est bien que tu sois là. Merci. Il apprécierait, tu sais. Il est dur parfois, mais il t'aime beaucoup, il dit toujours que Claude a eu de la chance de trouver une fille aussi indépendante et forte que toi… Tu sais, on est mariés depuis… depuis… quarante-cinq ans. C'est long, quarante-cinq ans, c'est toute une vie, c'est plus que la vie que Claude a eue, c'est…

Ta mère se tait, anéantie. Elle n'a même plus l'énergie de pleurer, elle est tarie. Alors Maxence me raconte. Ils étaient tous ensemble pour un dîner festif juste pour le plaisir. Ton père avait initié un grand barbecue et une soirée de jeux, comme avant.

—Nous tous autour de lui et le retour du beau temps, m'explique-t-elle, presque joyeuse, puis la réalité lui revient. Il reprenait un peu de couleurs, il semblait avoir finalement envie de vivre un peu plus longtemps…

L'apéritif s'est éternisé, ils sont passés à table assez tard, et d'un coup, ton père s'est mis à rire sans s'arrêter et puis à dire des mots un peu n'importe comment, à l'envers. Tous les gamins étaient ravis, ce n'est pas si souvent que leur grand-père faisait le clown.

—C'est Maman qui a compris. Elle a vu ses yeux. Elle a dit : « Ses yeux ne rient pas, cela ne va pas. »

La blague durait trop longtemps. Les pompiers, le Samu, l'hôpital, la course, les enfants paniqués, Basile et Théo, surtout, terrorisés. L'attente, le médecin pessimiste, le coma…

—En fait, on ne sait rien. On patiente, et on va devoir attendre encore. S'il se réveille, on ne sait pas encore quel type de séquelles il aura, s'il se réveille…

Je prends Maxence dans mes bras. Je la serre autant que je t'aime et que j'aime les jumeaux. Il y a la peur, il y a le sentiment d'injustice avec le malheur qui frappe une fois de plus à la même porte… Quand le jour est bien levé, j'appelle la production. J'explique la situation : je serai présente pour le tournage, mais il va falloir qu'elle me fasse confiance sur la recette. Je viendrai plus tôt pour tout mettre en place, mais, là tout de suite, je dois rester auprès de ma famille. C'est à prendre ou à laisser. Elle prend. Nous rentrons, ta sœur et moi, pour une douche et nous changer. Basile et Théo, mes deux tornades, me sautent dans les bras.

—Mamannnnn !

Mes amours, mes anges, mes joyaux. Ils m'ont tellement manqué pendant ce tout petit laps de temps sans eux. Je suis triste et en colère qu'ils vivent encore la crainte de perdre un être cher. Claude, je t'en prie, de là-haut, si tu peux faire quelque chose, si Dieu existe, s'il te plaît, demande-lui de ne pas garder ton père, renvoie-le vers nous, on a besoin de lui. Pour toi c'est trop tard, tu es déjà loin, mais avec ton père il nous reste une chance, un espoir, je t'en supplie, laisse-le-nous !

Attente, appréhension, insomnies. Les jours passent et se ressemblent. Nous nous relayons, Maxence et moi, au chevet de ton père et aux côtés de ta mère qui refuse de le quitter une seule seconde Il est clair que si Beau-Papa ne se remet pas, elle ne lui survivra pas. Tout le staff médical est adorable. Ils font réellement le maximum pour nous accompagner, nous aider, mais cela ne suffit pas. Théo est de nouveau en colère. Contre l'injustice, contre la mort, contre un Dieu en lequel il ne croit pas, contre toi qui es parti, contre moi qui suis toujours et encore là. J'ai parfois le sentiment qu'il voudrait me cracher des choses au visage, qu'il se retient de tout me dire. Tout le monde est à cran, c'est certain, nous t'avons enterré depuis à peine six mois, l'AVC de ton père nous replonge dans l'enfer de la douleur. Et il n'existe aucun anti-inflammatoire contre ça, aucune prescription médicale ne peut venir à bout de la frayeur de perdre quelqu'un, de la souffrance de l'avoir déjà perdu. Trois jours et trois nuits que nous sommes suspendus au retour de ton père dans l'univers des éveillés, aux lèvres des médecins qui ne disent jamais grand-chose, si ce n'est : « Il faut attendre », super…

À la fin de la semaine, je dois me préparer à repartir. Je n'ai pas le choix. Entre la rentrée des garçons et le travail, la vie, notre routine doit reprendre ses droits. Mais les enfants ne sont pas de cet avis. Des hurlements succèdent aux crises, les sanglots sont des torrents de rage et les portes reçoivent nombre de coups de pied. Je les comprends et je les envie même de s'exprimer avec tant de force et de vérité. Ils parlent avec leurs tripes, avec leur cœur. Ils ont besoin d'être proches de leur famille, notre famille. Être présents quand rien ne va plus, que la roulette de la vie joue une nouvelle fois avec nous. Et si on restait ? Après tout, pourquoi pas ? Qu'est-ce qui nous en empêche ? Le boulot ? Je peux m'arranger. L'école ? Est-ce le plus essentiel dans une année déjà chaotique ? Nous devons être soudés, liés, collés. Et je suis finalement la seule à tenir encore un peu sur mes pattes. Ta sœur est anéantie, elle fait de son mieux, mais aujourd'hui, c'est à moi de prendre le relais, de devenir son amie et une aide pour elle. Elle m'a tant donné depuis ta disparition, elle a déjà tant fait sans se plaindre, sans revendiquer sa part de pleurs, je me dois de lui rendre la pareille.

Pendant toutes ces années où tu étais là, toutes ces années d'amour que nous avons vécues ensemble, je ne l'ai jamais considérée autrement que comme ta sœur. Elle était envahissante, elle était trop grande gueule, elle connaissait tout mieux que tout le monde, elle savait mieux que nous comment élever nos enfants, elle ne s'arrêtait jamais de cuisiner, de ranger, de s'ébrouer pour prendre le plus de place possible. Bref, je la considérais comme une peste, narcissique et arrogante. Je la supportais tant bien que mal lors de nos vacances communes, aux fêtes de famille. Aujourd'hui, quand je descends dans la cuisine de tes parents, je la vois de dos, assise et la tête entre ses mains. Épuisée, assommée de tristesse, et j'ai envie de la protéger, de lui proposer mon épaule sur laquelle se reposer un peu. Parce qu'au fond, tout ce bruit, tout ce remue-ménage qu'elle nous imposait, ce n'était que pour exister un minimum à côté de ce frère si beau, si talentueux, à côté de notre couple si rayonnant, si parfait. Elle était cette enfant au dernier rang de la photo, qui saute pour qu'on aperçoive un bout de son crâne. Je m'approche d'elle, je ne dis rien parce que, tous les mots sont inutiles, que seule compte ma présence auprès d'elle. Je m'assieds et je me colle doucement, tout doucement, tendrement contre elle. Avec lenteur, elle relève sa tête et vient la poser sur mon épaule. Elle me prend la main et nous restons ainsi pendant un long moment. C'est elle, la première, qui rompt ce silence.

—Je… je suis à bout. C'est trop. Entre Claude, Papa, et maintenant Maman qui se laisse clairement mourir.

Ma famille se tue, elle se suicide et je ne peux rien faire, rien du tout. Si Papa meurt, Maman le suivra, et moi alors… alors je serai orpheline… Et je leur en veux. Si tu savais comme je leur en veux. Claude a toujours pris toute la place. Il ne le savait pas évidemment, il ne s'en rendait pas compte. Il était tellement lumineux. Il bouffait tout le soleil par sa présence. Je devais en faire cent fois plus que lui pour que mes parents me regardent. Et jamais avec la fierté qu'ils ressentaient pour lui. Je suis restée près d'eux parce que je me disais qu'avec le temps, ils me verraient enfin, ils verraient à quel point je suis une bonne personne. Mais non, et ce con qui a trouvé le moyen de voler la vedette pour l'éternité en se foutant en l'air ! Les parents ne s'en remettront jamais, LEUR fils est mort, LEUR fils leur a été arraché. Maman radote, Papa s'enfonce, et qui se coltine toute la merde sans jamais un merci ? Alors tu vois Chloé, là, ce soir, j'en ai marre, je suis au bout du chemin. J'ai le droit d'être juste triste et de ne penser qu'à ma pomme, de pleurer mon frère sans me demander s'il ne serait pas plus judicieux d'aller faire les courses des parents. Je voudrais me coucher le soir auprès de mon mari et ne pas lui en vouloir de ne pas avoir été aussi brillant que mon frère, pleurer dans les bras de ma mère et lui dire à quel point il me manque. Et l'enfoiré de merde qui, en plus, est un gros menteur et un gros lâche. C'est lourd, ce secret, cette petite. Plus d'une fois quand je les écoutais encore et encore s'apitoyer sur le décès de Claude, plus d'une fois j'ai failli leur cracher à la gueule : « Mais, putain, votre fils était en fait un connard qui a eu une fille avec une inconnue, il ne le savait même pas et quand il l'a su il n'a même pas été foutu de l'avouer à sa femme. Il est mort en lui laissant le soin de gérer à sa place ! » Je te rassure… j'ai rien dit…

Elle ne peut plus rien contenir. J'ignore combien de temps cela dure. Tout est sorti en un seul flot. Ta sœur a le souffle court d'avoir autant parlé. Six mois de chagrin, et toute une vie de frustration s'échappent de son corps. Lorsque le puits est à sec, et nos verres aussi, nous regardons autour de nous. Cette cuisine, des années 1980, hors du temps, Formica et bois foncé. Nous n'avons pas besoin de nous parler pour comprendre que nous nous remémorons les bons souvenirs. Ton père et son bordel, ta mère et ses petits chocolats qu'elle réservait aux enfants, nous quand il fallait laver la vaisselle, mettre la table, sortir le poulet oublié du four, fouiller pour trouver une casserole, sale, au fond d'un tiroir habité par des colonies inavouables. La pièce est vieille, comme tes parents, et on la redécouvre avec des yeux d'adultes fatigués.

—Je vais rester. Nous allons rester.

Maxence me regarde, s'apprête à m'interrompre, mais je ne la laisse pas faire.

—C'est ça la famille, non ? Être avec les siens dans les coups durs ? Et puis les jumeaux en ont besoin. Ils m'en voudraient toute leur vie si ton père mourait et qu'on n'était pas là, et… je m'en voudrais aussi…

Puis, en tentant de contenir l'émotion qui m'envahit, je continue :

—Vous êtes mon clan. Je n'en ai pas d'autre. Vous m'avez ouvert les bras quand Claude a ramené chez vous l'orpheline un peu spéciale que j'étais. Je croyais que vous n'étiez que la famille de Claude, que je n'étais qu'une invitée. Et puis non, je me sens chez moi ici aussi, j'ai besoin de vous, je vous aime, c'est aussi con que ça. Je vous aime…

OK, là on est finaudes toutes les deux, maintenant on pleure dans les bras l'une de l'autre et que je te balance du compliment, et que je te dise :

—En fait, t'es pas si chiante

—Et toi, pas si pimbêche.

On se déclame des mots d'amour, de belles déclarations. On va en avoir besoin, de cette mièvrerie, pour affronter le jour suivant, pour avoir le courage de peut-être devenir orphelines.

Le lendemain, je me lève après les enfants, ils m'attendent dans le salon, l'œil mauvais, l'air décidé.

—Maman, faut qu'on te parle.

Le ton péremptoire m'arrache un petit rictus que je tente de camoufler.

—Oui, dis-je avec un semblant d'air sérieux.

—Nous, on ne part pas, me lance Théo, droit comme un i, les bras croisés.

—Ah…

—Oui, c'est comme ça, continue Basile. On veut être avec nos cousins, on veut aider Mamie et dire bonjour à Papi quand il se réveillera.

—OK…

J'essaye de ne pas sourire, mais cela relève de l'exploit face à ces deux petits hommes imprégnés de leurs rôles de super-héros.

—Et toi tu fais ce que tu veux, on se débrouillera, on est grands maintenant, m'assène Théo pour finir.

C'est plus fort que moi, je sais que ce n'est absolument pas le moment, qu'ils vont m'en vouloir, mais ils sont tellement mignons, tellement drôles… J'explose de rire. Les voilà maintenant décontenancés.

—Mais…

—Oh, vous êtes trop chou et je suis trop fière de vous ! Vous battre ainsi pour faire valoir vos droits et ce que vous estimez être juste ! Oh ! Papa serait aussi vraiment très fier !

—C'est vrai ?

Je m'avance pour leur faire un énorme câlin, mais Théo le teigneux n'a pas l'intention de se laisser entourlouper par la bonne humeur de sa mère.

—Attends ! crie-t-il en m'arrêtant d'une main levée.

—Oui… ?

—Pas la peine de nous faire des compliments si c'est pour nous dire non après !

Si tu étais là, tu me regarderais, tu me dirais : « C'est bien ton fils ! Pugnace et qui ne lâche jamais. »

—Alors…

Mais je n'ai pas le temps de finir que Théo m'interrompt :

—Alors quoi ? Oui ou non ?

—On ne peut pas parler en fait, c'est ça ?

—Si, mais après que t'as donné ta réponse.

C'est plus fort que moi, je ris de bon cœur, ils me font craquer.

—Si tu me laissais terminer ma phrase…

Les jumeaux tendent le cou, attendant le oui tant espéré.

—Oui, dis-je enfin.

—YOUPIIIIIIIIIIIIIIIIIIIII !!

Je ne peux pas avoir de doute sur leur joie.

—Attends Maman, t'occupe de rien c'est nous qui préparons le p'tit-dej !

Pendant que nous dévorons de bonnes tartines légèrement brûlées parce que Basile a augmenté le temps du grille-pain au lieu de le baisser – « débile va ! » lui envoie son frère au passage –, je leur explique ce que j'ai décidé avec ta sœur la veille.

—Je suis obligée d'aller à Paris au moins pour les tournages. Je vais donc partir lundi soir et revenir mercredi dès que je peux. Ensuite il y a le problème de l'école…

—Pff… répondent en chœur les deux petits monstres aux bouches recouvertes de pâte à tartiner.

—On va voir si le temps que nous restions ici, vous ne pouvez pas aller dans l'école de vos cousins, faire une espèce de transfert quoi.

L'idée les ravit, ils ont repris des couleurs jusqu'à ce qu'ils se rendent compte qu'ils n'ont pas leurs affaires, qu'ils auront besoin d'autres cahiers, que la rentrée c'est demain. Je leur explique donc qu'il sera difficile de faire leur rentrée puisque pour le moment tout cela n'est pas validé avec les établissements. Ils vont prolonger un peu leurs vacances à condition de travailler les devoirs que Sara nous enverra tous les jours.

—Maman ?

Théo pose sa tartine. Il me regarde très sérieusement.

—Oui mon chéri ?

—Tu es la meilleure, tu sais.

Je dois tout de même m'organiser pour prendre un billet de train, aller très tôt au studio comme promis mardi matin et réussir à gérer tout en étant présente, et pour les enfants, et pour ta sœur.

33

# Charlotte

Si Grand-Père mourait avant de savoir qu'il a une autre petite-fille ? Si je ne devais jamais rencontrer ma famille ? Basile et Théo sont super. Ils m'écrivent tous les jours. Ils me donnent toutes les nouvelles. Jusqu'à ce que Grand-Père tombe malade, ils m'ont envoyé des tas de photos de tout le monde faites avec leur tablette. Je me fais un album secret. Un album de souvenirs dont je ne fais pas partie, mais qui sont quand même mes souvenirs à moi. On se dit tout, mes frères et moi. Je leur ai raconté en détail le dimanche matin où Maman m'a annoncé qu'on allait vivre à Paris.

Je suis venue lui faire un câlin dans sa chambre. Elle a l'air triste ce matin-là. Mais quand elle me voit, elle sourit toujours. Toujours.

—Ma chérie. Tu as bien dormi ?

Je saute sur son lit, et m'enfouis sous la couette à ses côtés.

—Oh oui. Comme un gros bébé. Et toi ?

—Oui… Je dois te parler, ma puce, dit-elle en m'entourant d'un bras affectueux.

—C'est grave ? J'ai fait une bêtise ?

J'ai toujours la trouille qu'elle trouve la boîte mail sur la tablette et qu'elle soit très choquée de ce que j'ai fait pour retrouver mes frères.

—Non… Pourquoi, tu en as fait une ?

Aïe ! Je vais finir par me griller toute seule. Je lui présente mon visage le plus innocent pour lui rétorquer :

—Euh… non, non ! Mais tu as l'air très sérieux, donc j'ai eu peur.

—Oh ma chérie, s'écrie Maman, presque coupable. En fait, tu te souviens que j'ai eu plusieurs rendez-vous à Paris ces derniers mois ?

—Oui… et que tu as vu Chloé aussi.

—Oui, mais… comment tu sais ça ? Bon… enfin, ce n'est pas ce dont je souhaite te parler, me répond-elle un peu sèchement. Chloé a besoin de temps. Je ne suis pas certaine qu'elle soit prête un jour à t'accepter et on ne peut pas le lui reprocher. Claude lui a menti et…

Je la coupe, ça va, je connais la chanson !

—OK, je sais. C'est pas juste, quand même.

—Non, la vie n'est pas juste. Et tu es bien placée pour le savoir. Mais je voulais te parler de mon travail.

Elle me regarde d'un air très sérieux et je comprends que je ne dois plus l'interrompre pour discuter à propos des « autres ».

—Oui, pardon Maman.

—Ces rendez-vous à Paris, en fait… On m'a proposé un boulot.

—À… Paris ?

—Oui et…

—T'as accepté ?

Excitée par la nouvelle, je n'ai pu m'empêcher de lui couper de nouveau la parole.

—Oui, enfin, je négocie encore quelques points.

—Dis oui, dis oui ! Maman, dis oui !

Elle ne s'attendait certainement pas à cette réaction si enthousiaste, mais je ne peux pas lui dire pourquoi j'ai tellement envie qu'on s'installe dans la capitale. Pour le moment, elle ne doit pas savoir que j'ai retrouvé mes frères, qu'on se parle. Et que si je vis à Paris, on va enfin se voir ! Pour noyer le poisson, je reviens sur les écoles et la tour Eiffel, et j'insiste pour qu'on recherche tout de suite un appartement.

Quand j'ai annoncé la nouvelle à Basile et Théo, ils ont écrit en énorme :

*GÉÉÉÉNNNNNNNIIIIIAAAAAALLLLLLL !*

C'est à ce moment-là qu'on a décidé de se voir. Avec ou sans les adultes. Se rencontrer. Enfin. Mais y'a les vacances d'abord et Maman a tout réservé pour le ski. Et puis y'a la maladie de Grand-Père. Les garçons m'écrivent, mais ils sont très tristes, et moi aussi. Eux, ils le connaissent, Papi, ils peuvent lui faire des bisous, être à côté de lui. Et je sais bien que ce n'est pas leur faute, mais quand ils me racontent, je fais pas partie de la tribu. C'est comme une copine à qui ils se confient. Et ça me fait encore plus de mal. Mais je ne peux pas le leur dire parce que… quelque part, c'est vrai. Je ne suis toujours pas un membre de la famille. Je suis l'inconnue. Alors pour me consoler, en attendant les messages, je recherche une maison. Maman me dit que c'est trop tôt, que ce sera pour la rentrée en CM2, qu'on a le temps. J'en ai marre, je suis trop impatiente, j'aimerais tant que le temps accélère et déjà être là-bas avec mes frères. C'est pas juste, non, c'est vraiment, vraiment pas juste. Alors tous les soirs, je parle à Claude.

*S'il te plaît, est-ce que tu peux laisser Grand-Père encore en vie ? Je voudrais avoir le temps de le rencontrer. Et puis, est-ce que tu peux envoyer un signe à Chloé pour qu'elle accepte de me voir ?*

# 34
# Chloé

Ce matin sur le plateau, toute l'équipe est aux petits soins, l'histoire n'a pas mis longtemps à faire le tour des techniciens. Stan, même lui, se montre discret, gentil et prévenant, sans lourdeur ni insistance. Alors que je suis au maquillage, je reçois un SMS :

Salut Cendrillon. J'ai demandé à Stan ton numéro. Je décolle après-demain. Comment va ton beau-père ? Axel

Mon cœur fait un bond, je palpite de la tête aux pieds et je me sens comme une ado. Depuis notre soirée abrégée, et malgré les événements, je pense souvent à Axel. Je revois son sourire doux et charmant, je devine la lueur amusée de ses yeux noirs, la barbe naissante, les cheveux négligemment coiffés. Je suis toute chose, même si ma réponse n'a rien de sexy :

Bof. Je repars avec les enfants
pour rester en famille.
Merci de ton message et bon voyage.

Évidemment j'ai envie que la conversation dure. Savoir que quelqu'un pense à moi et qui plus est un beau gosse n'a rien de désagréable, bien au contraire. Le bip de sa réponse me fait sursauter.

Je suis de tout cœur avec toi. Je penserai à toi pendant mon documentaire. En fait, je pense déjà à toi tout le temps. Et j'attends sincèrement de te revoir à mon retour.
Je t'embrasse.

Je ne réponds pas, je ne peux pas, que veux-tu que je lui dise ? Que j'ai craqué moi aussi, qu'il est cette première fois qu'on redoute et qu'on espère à la fois, que mon corps a besoin de chaleur, que oui, je veux qu'il me rappelle, que son visage reste gravé, que cela me fait un bien fou de savoir qu'un autre me désire, mais que je t'aime, toujours, et encore, et que je ne suis pas prête à céder à des pulsions physiques, que je me sens coupable dès que je pense à lui, que je mens déjà à mes enfants tous les jours…

Pourtant, après avoir éteint mon téléphone, quand j'arrive sur le tournage, j'ai ce petit sourire, celui qui en dit long, j'ai ces picotements dans le ventre, je plane, oui, je plane. Stan, qui n'a pas la rancune tenace, me lance en riant des vannes à travers les oreillettes :

—Dis donc *La Reine des neiges*, tu serais pas en train de fondre ?

Je le laisse faire. Je rentre même dans son jeu. C'est bon de lâcher prise, d'être juste une femme, de déposer à l'entrée du plateau le deuil, la douleur, les angoisses.

De n'être pas simplement l'épouse de Claude, mais de redevenir à part entière Chloé. Une jeune femme séduisante et célibataire.

La réalité me rattrape rapidement quand je rallume mon téléphone.

> Opération de la dernière chance demain. Ils vont tenter d'enlever un caillot. Rappelle-moi.

Ne pas s'écrouler. Rentrer, repartir. Vite.

Me revoilà dans le train. Avec Mireille. Je n'ai pas eu le choix. Quand je suis arrivée à la maison, elle m'attendait sur le pas de la porte, valise à la main.

—Ma petite, y'a un moment, vous ne pourrez pas tout faire. Et moi, je n'ai rien à faire. Pas de descendants, pas de contraintes. Je suis juste avec ma carcasse. Je peux vous préparer des bons plats, je peux être une présence pour les enfants quand vous n'êtes pas là, je peux même être une épaule pour votre belle-mère lorsqu'elle aura besoin de pleurer et qu'elle n'osera pas le faire sur la vôtre ou celle de sa fille.

Mireille est nature, elle a effacé les filtres de bonne conduite, et je l'aime pour ça. Je l'étreins avec force, parce que les mots sont inutiles. Elle me rend ce moment de tendresse, et l'espace d'une seconde, j'ai une Maman. Elle a raison : sa présence me fera autant de bien qu'aux enfants.

Ta maison, celle de ton enfance, sent la mort. C'est comme si tes parents avaient déjà disparu. Ta sœur me raconte que ta mère refuse de dormir ici sans son mari, que d'ailleurs elle ne ferme quasiment plus les yeux.

Je m'en veux d'infliger ça encore aux jumeaux, mais je leur dois aussi d'être là pour leur famille, pour eux, de comprendre tout ce qu'ils peuvent ressentir, de les accompagner dans cette étape difficile. Épuisés, on sombre tous dans le sommeil très tôt. Le lendemain, nous allons à l'hôpital, nous attendons, nous tenons la main de ta mère. Pendant tout ce temps, je suis sur mon PC à gérer la finalisation des recettes pour le livre, à caler le planning de tournage des dernières émissions et celles de la rentrée, mon esprit divague, je cherche une maison ici pour rester proche. Je pense à Charlotte, qui ne sait rien de ta famille, de ses grands-parents, de ses cousins, de sa tante qui tient par l'espoir qu'elle met dans la force de caractère de ton père. Je me demande si je dois appeler Renée, mais pour lui dire quoi ?

*Salut, le père de Claude est mourant, mais non, ne venez pas, parce que je mens à tout le monde depuis des mois.*

Mireille s'est occupée des gars. Ils se sont promenés en forêt, ils ont créé une mini-ville à partir de mousse, de branches, d'écorce, ils ont fouillé dans tes affaires d'enfant pour retrouver des Lego et des Playmobil. Quand je rentre, épuisée et tendue, je les entends rire et chanter. Le sol du salon n'est que verdure et assemblage de jeux, Basile et Théo sont allongés par terre. Mireille est dans la cuisine, cela sent bon. Un inconnu qui pénétrerait croirait au bonheur simple d'une famille heureuse. En comprenant que je suis revenue, la vieille dame sort de la pièce, une énorme marmite entre les mains, les enfants se jettent sur moi, ils parlent tous les deux en même temps, rien ne les arrête. Continuer à faire semblant encore un peu, voler de leur innocence et m'en envelopper pour tenir debout. Basile a les cheveux qui sentent la terre et Théo, les doigts noirs.

—Les garçons, allez vous laver les paluches !

Mireille a sur eux une autorité naturelle qui m'émeut. Est-ce que ma mère aurait tenu ce rôle merveilleux de grand-mère gâteuse, mais sévère, de tendre épaule sur qui se reposer, de guide ? Je n'ai pas Maman, j'ai Mireille, ce petit trésor tombé du ciel quand tu nous as quittés. Les garçons, obéissants, sont sortis de la pièce. Il lui suffit alors d'un regard pour me questionner en silence.

—L'opération s'est bien passée. Il n'est pas… Enfin il n'a…

Mireille s'approche de moi et m'ouvre grand ses bras. Sa chaleur m'enveloppe, me rassure. Les jumeaux entrent en trombe, mais la scène leur fait peur.

—Maman ? Maman ! Comment va Grand-Père ? me crie Basile, à la limite de l'hystérie.

—Ça va, ça va. Il dort encore, il a survécu à l'opération, mais les médecins ne peuvent toujours rien dire, il faut attendre.

—Et Grand-Mère ?

—Grand-Mère ne veut pas le quitter. Elle veut rester auprès de lui. Ils sont comme des perruches, vous savez…

Je suis interrompue par Théo :

—Oui, des inséparables, on a vu ça à l'école. Mais, nous, on refuse de les perdre tous les deux.

—Moi aussi, les garçons… dis-je dans un murmure.

Des inséparables, c'est ce que nous étions aussi, et je te survis. Je peux même commencer à dire que je vis, tout bonnement. Sans toi.

Les jours qui suivent semblent s'étirer au-delà du supportable. Comme si le temps avait décidé de se jouer de nous. Les enfants sont allés à l'école, sans joie. Que pouvais-je attendre de ce faux déménagement ? Même s'ils retrouvent leurs cousins, même si nous faisons partie d'un tout où tu n'es plus, nous nous traînons, comme des âmes en peine, comme des ombres sans corps. Les nouvelles ne sont ni bonnes ni mauvaises. En fait, il n'y en a tout simplement pas. Mireille a décidé de rester avec nous le temps qu'il faudra et a réussi l'exploit de convaincre ta mère de sortir de la chambre de ton père. Elles vont ensemble au marché, font un peu de cuisine, même si ta mère pleure à chaque fois qu'on ouvre un placard et qu'on tombe sur une terrine ou un plat qu'utilise souvent son mari. Petit à petit, la perruche réapprend à voler sans son inséparable. Elles discutent et prient, elles tricotent et grondent d'une seule voix les enfants. Basile et Théo s'habituent vite à leur nouvelle vie, encore une fois. Je suis tellement épatée par leur capacité à rebondir. Ils sont certes plus ténébreux et cachottiers qu'avant, ils prennent le prétexte de vivre dans un village pour demander encore plus d'autonomie, ils s'enferment de plus en plus régulièrement dans ton ancienne chambre. De mon côté, je fatigue. Les allers-retours entre ici et Paris, les tournages, l'administratif, et les insomnies. La petite Charlotte se rappelle un peu trop souvent à mon subconscient, et comme tu n'es pas du genre à lâcher le morceau, vous êtes maintenant tous les deux à me tenir compagnie dans mes rêves.

Ce matin, après une nuit encore hachée, je suis allée voir ton père. J'avais besoin d'échapper à tout le monde : aux enfants qui s'en prennent à moi pour rien, à Mireille dont l'efficacité m'agace autant qu'elle m'est nécessaire, à ta mère qui est le rappel vivant que tu n'es plus. La chambre sent l'hôpital, cette odeur si caractéristique d'acétone et de désinfectants. Je déteste ce parfum. Mais qui l'aime ? Qui vient visiter un malade, le cœur en joie ? Entrer ici, c'est comme préparer des funérailles, c'est un mélange de souvenirs heureux et de désillusion. Ton père paraît si petit, si fragile. Sa peau est transparente, lui qui a toujours eu le teint hâlé. On n'entend que le bruit de sa respiration rauque et des machines. Évidemment pas de Docteur Mamour ni d'infirmière sexy aux alentours. La réalité d'un hôpital de province. Les aides-soignants traînent les pieds, les médecins sont toujours débordés ailleurs. Ils font de leur mieux, avec le peu de moyens qu'ils ont encore à leur disposition. Je m'assieds près de lui. Me trouver ici seule me donne presque envie de vomir. Le temps d'une seconde, je revis ta mort. Mes hurlements dans les couloirs, les tremblements, les larmes, la piqûre pour me calmer. Je prends la main si fine de ton père. Je n'avais jamais remarqué qu'il avait des doigts de pianiste, lui, le terrien, l'homme qui n'aime pas la ville, le cultivateur, les paumes noires et calleuses ont fait place à la transparence d'une peau de vieillard.

Qu'est-ce qu'on dit à un malade inconscient ? À un mort, je sais : je te parle bien tous les jours. Je peux tout te dire, le positif comme le négatif, je sais que tu ne peux pas me répondre et si je suis réaliste et pas totalement folle, je suis à peu près certaine que tu ne m'entends pas non plus... Mais à un malade ? Et s'il m'entendait ? Et s'il se réveillait ? J'aimerais lui avouer pour Charlotte. Me délester enfin de ce poids. Lui donner une raison de revenir parmi nous et de nous botter le cul, le mien en premier. Il ne laisserait pas les choses pourrir. Il aurait agi depuis un bon moment : ton père met tout au carré. Cela tourne parfois à la caricature, parce que tout est noir ou blanc, mais avec lui au moins, rien ne traîne. Ce qui doit être fait est, avec lui, toujours fait.

À rester assise à ses côtés, dans le silence de cet hôpital de province, je comprends que le temps a passé. J'ai avancé dans mon deuil. Bien plus vite que je ne m'y attendais. Et le constat est simple : j'assure. Tous les jours. Dans mon boulot et avec les enfants. Rien n'est parfait, la vie n'a pas repris le chemin du rose et du paisible. Mais ça va. On va bien. Alors qu'est-ce qui m'empêche d'accepter enfin Charlotte ? La trahison ? J'ai compris pourquoi tu ne m'avais pas dit la vérité. Nous vivions une image de carte postale, notre bonheur était si pur et si intense qu'il en était presque irréel. Nous n'avions pas bien géré ce mois de rupture, à tel point que nous n'en avions jamais plus discuté. Notre couple n'aurait sans doute pas survécu à l'arrivée de Charlotte. C'est atroce de le constater, mais si nos sentiments étaient vraiment sincères et profonds, ils n'étaient pas pour autant forgés pour affronter de telles épreuves. Je manquais de confiance en moi, en la vie. J'avais tout placé dans notre relation et quand je suis revenue te demander en mariage, tu savais que je te donnais la preuve ultime d'un amour qui se devait d'être parfait. Je refusais de vivre encore la trahison de mon père. Tu n'avais pas le droit d'être imparfait, d'être juste un homme. Est-ce pour les enfants que je n'ai toujours rien dit ? Je crains plus de les perdre parce que j'ai menti que leur réaction devant l'existence d'une sœur. Ils me prouvent depuis six mois qu'ils sont matures, qu'ils sont empathiques, qu'ils grandissent malgré l'absence. Est-ce le regard que Charlotte peut porter sur moi qui me fait peur ? Ou est-ce tout bonnement moi qui suis une trouillarde ?

Je serre un peu plus fort la main de ton père. Fini les conneries. Ma décision est prise.

35

# Maxence

Si tout cela ne partait pas d'un bon sentiment, je croirais qu'elle fait tout pour que je la déteste de nouveau. Sainte Chloé organise la vie de tout le monde. Entre sa Mireille, cette espèce de hippie sur le retour, qui est venue prendre les choses en main et qui a réussi à sortir Maman de la chambre d'hôpital, et ma belle-sœur qui joue les dames de compagnie et reste des journées entières à tenir compagnie à Papa, on pourrait penser que c'est elle, la fille éplorée. Je suis si fatiguée. Si épuisée. Je dors. Tout le temps. La maison part en vrille. Je ne veux plus faire d'efforts. Ils ne servent à rien. Personne ne les a remarqués pendant toutes ces décennies, ce n'est pas aujourd'hui que cela va changer. Même mes enfants sont des traîtres et passent le plus clair de leur temps chez mes parents, où la vie reprend le dessus sur la morosité des derniers mois.

Si je mourais demain, personne ne pleurerait.

Je sais que cela n'est pas vrai. Chloé a encore maigri à faire tous ces allers-retours, à gérer tout le monde. Et puis, elle m'écoute. Elle est attentive. Je peux tout lui dire, elle ne se vexe pas. Je la déteste, parce qu'elle est parfaite. Je ne suis qu'une ombre. Celle de mon frère d'abord, la sienne maintenant. Je voudrais lui avouer à quel point parfois je rêve de lui arracher les yeux, mais je n'ai aucune envie de la perdre. Si elle me lâche, qui sera mon amie ? Je n'ai pas d'amie. C'est triste. À presque quarante ans, ma vie se résume à deux enfants qui ont de moins en moins besoin de moi, un mari qui m'adore et que je repousse en permanence, un boulot qui n'a de prestige que le nom, et qui m'emmerde, mes parents qui ne me voient pas.

Elle m'a parlé d'Axel. Ce mec qui l'a raccompagnée à l'hôpital. Elle est une héroïne, une princesse en danger pour qui les chevaliers se bousculent, je suis l'affreuse belle-sœur qui rêve de lui voler son soulier de vair. Je m'en veux d'être méchante et jalouse. En vrai, je l'adore et je l'admire. Elle est si forte. Comment fait-elle pour encore tenir debout après tant de malheurs regroupés dans une seule année ?

Papa est réveillé. Miracle. Je me demande s'il a croisé Claude quelque part dans les limbes de son inconscience. Il est faible et rien n'est gagné, mais ce sursis de vie me donne l'espoir qu'il a envie de rester un peu avec nous. Maman retrouve des couleurs. Chloé va repartir.

Elle va laisser un vide dans mon existence.

Je ne vais pas bien.

Un matin, je ne réussis pas à me lever. C'est tout. Je suis là, allongée dans mon lit, et je n'y arrive pas. Je suis au bout. J'ai tout donné. Mon cerveau ne pense plus, mon corps ne peut donc plus rien faire. Je ne parle pas non plus. Je suis harassée. Et dire quoi de plus, quoi de mieux, quoi de différent que ce que j'ai déjà dit, hier, avant-hier, et depuis la nuit des temps ? Mon mari me prend la main, m'embrasse avec sa tendresse habituelle sur le front, caresse une mèche de mes cheveux. Lorsqu'il sort de la pièce, je laisse mon corps se vider de larmes, il me murmure : « Je t'aime. Je veux que tu te reposes. Je veux que tu saches que tu peux compter sur moi. Je suis là. » Ce n'est pas la première fois qu'il me le dit. Souvent le soir, quand je m'endors, épuisée, sur le canapé, il me répète que lui aussi peut gérer, que je ne suis pas obligée de tout faire seule. Ce n'est pas sa faute. Je suis comme ça. Cette fois-ci, je l'ai entendu. Tout comme j'écoute sa conversation avec ma belle-sœur.

—Chloé ? C'est moi… Oui… bon elle ne va pas bien. Je fais venir le médecin… Je ne sais pas… Ah… Très bien, on fait comme ça.

On fait quoi comme ça ? J'ai un sursaut, on ne peut pas décider sans moi. Mais mon corps refuse. Il reste allongé.

Je dors des heures. J'entends qu'on s'affaire autour de moi. C'est ça, être mort ? Chloé qui supplie les enfants de faire moins de bruit, le parfum de Mireille, la main de mon mari. Je m'en veux d'être aussi faible, mais je n'y arrive plus. Même pleurer me demande trop d'efforts.

Le médecin prescrit des calmants. Je trouve ça débile, des calmants pour une personne qui ne peut même plus bouger de son lit, sauf pour aller aux chiottes et se gaver de paquets de gâteaux devant la télé ? Plus apathique, tu meurs. Pardon Papa. Je ne suis pas là pour ta guérison. Mais tout le monde s'en fout, non ?

Non… mes enfants me font des dessins, mon mari prépare tous mes plats préférés, fait le ménage, s'occupe de tout. Chloé me gave de pâtisseries et m'écoute parler, sans jamais ciller, même quand je lui avoue la détester parfois.

# 36
# Charlotte

Maman a été convoquée à l'école. Je me suis battue avec une idiote. Je suis très en colère. C'est naturel, non ? Après tout, si on fait le compte de tout ce que j'ai vécu alors que j'ai pas encore dix ans, ça peut s'expliquer que je pète un peu les plombs. Sauf que la vraie vérité, c'est que j'ai peur pour un Grand-Père que je ne connais pas. Alors quand cette andouille de Géraldine m'a traitée de « petite orpheline » et a rigolé, ben j'ai craqué. J'en ai marre d'être LE cas : avant, j'étais malade et j'avais pas de père, maintenant, j'ai plus de père et des frères que j'ai pas le droit de voir. Alors oui, je suis un peu beaucoup en colère et si Maman, elle peut pas comprendre ça, tant pis pour elle ! Ça n'empêche que les ennuis vont pleuvoir parce qu'elle a demandé un « dîner-conseil » et ça, ça veut dire qu'elle va pas me lâcher. Elle pourrait même me confisquer la tablette ! Oh non ! Je dois me dépêcher d'écrire à Basile et Théo.

Chers Basile et Théo,
Je crois qu'on va avoir des ennuis. En fait, je crois pas, je suis sûre. Je vous rassure, Maman ne sait rien, mais

la directrice de mon école lui a ordonné un rendez-vous. Il paraît que je ne me comporte pas assez bien en ce moment. Pff. Ils comprennent rien, les grands, c'est lourd. Je sais pas si je vous ai raconté, mais quand on a des choses importantes à se dire, on fait un « dîner-conseil ». En gros, celle qu'est pas contente parle en premier et ensuite l'autre s'explique. Et on essaye d'améliorer les choses. En général, on met de nouvelles règles en place, et ça finit par une boîte de pop-corn devant un bon film. C'est surtout quand Maman travaille trop et qu'elle se sent un peu coupable, ou alors quand j'étais malade, que j'allais à l'hôpital et qu'il y avait un nouveau traitement à prendre. Ce n'était pas vraiment de grandes réunions, c'était surtout pour discuter et passer un bon moment rien que toutes les deux. Ce soir, à mon avis ça va être autre chose. J'espère qu'elle ne va pas me priver de la tablette. Faut vite que vous me donniez des nouvelles de Grand-Père et qu'on trouve le moyen de se voir. On doit venir visiter des maisons à Paris bientôt. J'ai tellement envie de vous rencontrer en vrai, enfin ! Allez, gros bisous les frangins !
Chachafouin

Quand j'arrive dans le salon et que Maman me « convoque » à table, je ne fais pas trop la maligne. J'aimerais tout lui dire, elle comprendrait, c'est la meilleure des mamans. Mais Basile, Théo et moi, on s'est fait le serment sur l'honneur de rien dire à personne pour le moment. On voudrait trouver le moyen de se voir et de faire en sorte que Maman et Chloé n'aient pas le choix que d'accepter la situation. Maman a préparé un dîner spécial pour le fameux dîner-conseil. Elle a fait de la purée avec un œuf au plat au milieu. C'est mon repas préféré.

—Mais je croyais que tu allais me gronder, lui dis-je, étonnée.

—Pourquoi ?

Elle me fixe, d'un air doux. Pas une once de colère ne transparaît.

—Ben, t'as été convoquée à l'école, je vais passer en commission éducative et…

—C'est vrai.

—Mais… je comprends pas ?

Je l'interroge du regard.

—Ma chérie, tu es la prunelle de mes yeux. Tu vas bientôt avoir dix ans et tu as combattu plus de démons que tous les enfants de ta classe réunis. Tu as perdu ton père il y a seulement quelques mois et tu sais que pour le moment on ne peut pas rencontrer tes demi-frères…

—Frères… pas demi. Je suis sûre que je ne les aimerai pas à moitié.

Si elle savait à quel point c'est déjà la vérité.

—Oui, si tu veux, c'est plus une formule. Bref. Je n'ai pas envie de te punir. Parce que je pense que si tu t'es battue, c'est certainement pour exprimer quelque chose de plus fort.

—Maman…

Je chuchote presque, l'émotion prenant le dessus.

—Tu es triste, tu es en colère, continue-t-elle d'une voix douce.

—Oui.

—Alors ce soir, j'aimerais que tu me parles. Pas que tu te caches derrière ta tablette. Que tu me racontes. Que tu me dises ce qui te rend triste et en colère. Ce qui te rend heureuse aussi. Je n'ai pas fait assez attention à toi. Est-ce que tu es certaine de vouloir déménager ?

—Oh oui ! Oui ! Je veux aller à Paris. Je le veux, Maman.

—Ce n'est pas parce que…

C'est le moment où je dois la rassurer, et lui faire croire que je n'attends rien de spécial.

—Qu'on change de ville et de maison qu'on va changer de vie et avoir une nouvelle famille. Je sais. Mais cela nous donne un peu plus de chances.

Maman m'ouvre les bras, et je m'y jette de toutes mes forces.

—Merci Maman.

On mange la purée devant *Autant en emporte le vent*. C'est notre film préféré à toutes les deux. Même si on ne peut pas le regarder en entier, car il est trop long. Je suis blottie contre ma mamounette et je me mets à rêver que bientôt, j'aurai une vraie et grande famille.

BasThé,
Vous allez pas le croire, mais en fait, Maman, elle ne m'a pas grondée du tout. Elle est inquiète pour moi. Elle voit bien que je suis malheureuse. Du coup, c'est sûr et certain, on va déménager à Paris. D'ailleurs, on vient le

week-end de mon anniversaire. Comme cadeau, on va choisir notre future maison.
Et Grand-Père, comment il va ?

*Chachaton,*

*Cool ! On est contents que tu sois pas punie.*

*Grand-Père va mieux. Il est sorti du coma. Mamie du coup va mieux aussi. Elle passe son temps à rigoler avec Mireille. Elles sont drôles toutes les deux. On dirait deux copines d'école. Grand-Père partira bientôt de l'hôpital. C'est Maxence, notre tante qui va pas bien. Maman dit qu'elle fait un « burn-out », une sorte de dépression. Ça nous a fait bizarre parce que notre tante, elle fait toujours plein de choses, elle dirige tout le monde et on n'a pas l'habitude de la voir comme un légume. Maman dit que ça va s'arranger, mais entre elle et grand-père, ils ont besoin de calme. C'est pourquoi on va devoir rentrer pour les laisser tranquilles, mais notre mère s'organise pour qu'on revienne juste après la fin de l'école.*

*Quand c'est, ton anniversaire ? Parce que le nôtre, c'est aussi très bientôt. On va avoir dix ans, c'est trop cool. Maman a promis de faire une belle fête. Elle le dit toujours avec un regard triste. On voit bien qu'elle pense encore à Papa. C'est pas très juste. Nous, on sait la vérité. On sait que Papa, il n'a pas été correct. On sait qu'elle sait, mais elle, elle ne sait pas qu'on sait. Si tu viens à Paris, faut*

*qu'on se donne un rendez-vous quelque part ? Si on parle à Mireille, c'est clair qu'elle va crier, mais qu'elle va nous aider.*
*Bisous petite sœur.*

On va avoir dix ans. On va entrer dans une nouvelle décennie comme dit Maman. Et on va changer de vie. Je le sens. Tout va bientôt changer et je vais tout faire pour.

## 37
# Chloé

Tu me manques. Toujours, oui toujours. Combien de fois te l'ai-je dit ? Combien de temps cela va-t-il me hanter ? Cela ne devrait pas t'étonner. Tu es ce membre fantôme. Tu n'es plus là, mais tu continues d'exister. Pour moi, pour nous tous, d'ailleurs. Et je sais que de là-haut, tu nous regardes. Tu as donc vu que ton Papa est finalement sorti du coma, que ta Maman retrouve un peu de couleurs, que ta sœur a fini par lâcher prise, que les jumeaux pètent le feu et complotent de plus en plus, que Mireille fait partie intégrante du clan Cauzec, à tel point que ta mère et moi, on va se déchirer pour trancher avec qui elle doit rester ! Et moi ? Moi, je vais bien. Oui, je crois que je peux le dire maintenant. JE VAIS BIEN.

Voir Maxence s'écrouler a été un électrochoc. Même si nous étions présentes l'une pour l'autre, j'étais tout de même centrée sur mon deuil, mon mensonge. Elle me force à sortir de ma petite personne. J'ai mal pour elle, je comprends ses rancœurs, ses douleurs. Mais je ne veux pas que cela m'arrive.

J'ai fait un pacte avec moi-même : je ne suis pas Wonder Woman, je ne peux pas tout gérer. À chaque jour suffit sa peine, non ? Alors j'ai décidé d'arrêter de culpabiliser, j'ai décidé de vivre au jour le jour et avec le sourire, c'est mieux. J'ai décidé que j'avais le droit de me concentrer sur ma carrière, sur les petites joies que chaque jour peut nous apporter. Je me sens plus légère. Tu n'es plus là et je ne peux rien faire pour changer cet état de fait, tu m'as menti et je ne peux rien faire pour changer la situation, Charlotte existe, je l'accepte un peu plus chaque jour, mais cela n'est pas ma croix. C'était la tienne, tu ne l'as pas assumée comme tu aurais dû. Mais cela n'est pas ma faute. Alors oui, je suis sans doute lâche, mais pas autant que toi. Et cela ne m'empêche pas de continuer à t'aimer. Avec plus de recul, avec plus de clairvoyance, mais toujours aussi fort.

Nous allons revenir dans nos pénates de la région parisienne. Nous ferons encore une fois des valises pour permettre à ton père de reprendre ses esprits et des forces. La maladie l'a rendu bougon, comme s'il nous en voulait d'être encore en vie, mais ta mère ne lâche rien et s'épanouit autant qu'il râle. Elle a retrouvé son inséparable. Elle n'a pas l'intention de le laisser s'enfuir de nouveau. Hier soir, elle est venue dans notre chambre. Elle m'a apporté un petit cadre avec une photo d'elle et toi dedans.

—Il me manque. Tellement. On ne devrait jamais perdre ses enfants, ce n'est pas dans l'ordre des choses. Mais Claude avait construit sa vie. Avec vous trois, loin de nous. Si j'avais perdu mon mari, je serais dévastée et je me laisserais mourir. Pour le rejoindre le plus vite possible. Je n'ai pas ressenti cela quand mon fils est décédé. Mon cœur est écorné, mais il continue de battre. Je t'admire, Chloé. D'avoir survécu, de te surpasser pour offrir aux garçons une belle vie malgré tout. Je suis fière de toi. Tu tiens debout même sans ton âme sœur. Tu es un exemple pour moi. Je voulais te dire merci d'être restée avec les enfants. D'être encore là alors que la vie t'a arraché ton grand amour. Merci de nous considérer encore comme ta famille. Nous serons toujours là pour toi, et je vais me battre maintenant pour ramener tout ce petit monde à la vie et à la joie. Parce qu'on le mérite tous.

Ses aveux m'ont bouleversée et je me suis sentie coupable d'être celle qui les recevait. J'aurais préféré que Maxence les entende. Que ta sœur ait aussi droit à cette explication. Et c'est comme si ta mère avait deviné mes pensées.

—Chloé, tu dois nous prendre pour des parents indignes. Et nous le sommes certainement. Nous n'avons jamais considéré notre fille à sa juste valeur. J'ai bien vu la douleur qui s'abattait sur elle lorsque Claude est mort et quand son père est tombé malade. J'ai l'intention de lui parler aussi. Je vais lui demander pardon, car elle mérite bien mieux que les restes d'un enfant disparu. Mais il aura fallu que je traverse toutes ces épreuves en une année pour me rendre compte que je ne lui ai jamais avoué à quel point je suis fière d'elle, de sa force, de son abnégation. Je dois aussi lui dire merci d'être toujours présente pour nous.

Au même moment, la porte sonne et les jumeaux ouvrent à leurs cousins et ta sœur. Je te soupçonne d'envoyer des tas de petits signes pour alléger enfin nos vies et nos cœurs. C'est maintenant à moi de déposer mon fardeau. Entre mes mains, un nouveau choc, une nouvelle révélation et finalement, j'en suis certaine, du bonheur supplémentaire.

Bonjour Chloé. J'espère que tout va bien pour vous. Je voudrais, si c'est possible, discuter avec vous soit par téléphone, soit lors d'un dîner. Merci d'avance, Renée

Cette journée est décidément une succession de transmissions télépathiques. Je ne suis pas entièrement sereine, car revoir Renée est le dernier rempart avant l'arrivée de votre fille. Votre fille. Ma belle-fille ? Je tremble en répondant à Renée. Les émotions de la journée, les déclarations de ta mère, les larmes de remerciements de ta sœur, l'excitation des garçons.

Avec plaisir Renée.<br>Je serai heureuse de dîner avec vous.

Rendez-vous est donc calé. J'oscille entre lassitude, épuisement, mais au fond je me sens apaisée. Ma décision est prise. Charlotte va entrer dans nos vies.

Quand ta sœur apparaît dans le salon avec les yeux brillants d'une fillette à qui on a offert le plus beau cadeau de Noël, nous nous isolons toutes les deux et je lui raconte. La fatigue et le stress des dernières semaines ont raison de notre stabilité mentale et nous voilà parties d'un fou rire :

—Nan, mais t'imagines ?! Si ça se trouve, vous allez devenir les meilleures copines du monde ! me dit Maxence, entre deux hoquets.

—Ouais, et puis peut-être même qu'on va emménager ensemble…

—Oh ! Nan mais la tête des parents, continue-t-elle. Alors, Chloé et la maîtresse inconnue de Claude, elles vivent dans la même maison…

Nous pleurons littéralement de rire. Cela fait du bien, nous dédramatisons, nous nous allégeons d'un poids. Mireille passe une tête pour contrôler que les deux folles que nous sommes ne sont pas en train de saccager le salon à coups de bagarre de polochons tellement nous rions fort.

—Euh… ça va bien les filles ? tente notre mamie de substitution.

—Oh oui, Mireille, oh oui !

—Si tu savais Mimi, oui !

Je m'endors, paisible. Mon corps a déchargé une adrénaline trop longtemps retenue dans ce moment avec ta sœur. Tu es là dans mon rêve, tu souris, tu me murmures des mots doux… « Je t'aime, tu es belle, tu es le grand amour de ma vie, tu es la plus forte… » Facile, ducon, de venir faire des compliments après avoir bien foutu la merde, mais oui, tu as raison : je suis forte, je l'ai toujours été, je me suis construite, j'ai cru en l'amour et malgré ton mensonge, je ne regrette rien parce que nous avons vécu ensemble quinze ans de bonheur, que Basile et Théo sont les trésors du monde, et que même si demain encore je me réveille seule sans toi, tu fais partie de moi, entièrement, et que le souvenir de notre parcours à deux me donne aussi le courage d'avancer.

J'ai rendez-vous avec Renée dans un minuscule restaurant du onzième arrondissement réputé pour sa viande. Petites tables, ambiance typiquement parisienne, le patron, un bonhomme sympathique, au regard brillant de gentillesse et à la repartie toujours bien placée, m'accueille en m'embrassant comme du bon pain.

—Ma p'tite Clo, des années que t'es pas venue ! Quand j'ai vu ton nom sur le registre des résas, j'ai cru à une blague. Comment vas-tu ? J'ai appris pour… Enfin… je…

Il bafouille, mal à l'aise, mais je tiens à le rassurer.

—Calme-toi JP, t'as pas à dire grand-chose. Un sale tour de cette putain de roue de la fortune.

—Je t'offre une bouteille !

—En voilà une excellente idée !

J'avoue, j'ai choisi un resto en terrain connu. Je n'avais pas envie d'un endroit feutré propre aux confidences douloureuses, je voulais de la vie, de la bonne bouffe franchouillarde, je voulais me sentir à l'aise, aborder cette rencontre avec toute cette joie qui me traverse depuis que ton père va mieux, depuis que nous pouvons nous lever le matin sans avoir peur d'un couperet fatal. JP me donne une place en terrasse, mais un peu à l'écart.

—T'as besoin de quoi que ce soit, tu me hèles et c'est moi qui m'occupe de toi ce soir.

—Tu es chou, je commencerais bien par un Spritz.

J'attends Renée, tranquillement installée. Je sirote mon verre, quelques bons souvenirs refont surface. Nous venions souvent ici avant les jumeaux. J'ai connu JP lors d'un stage dans un grand palace en cuisine. Lui n'était que l'assistant du sommelier, mais avait l'ambition d'ouvrir plusieurs restaurants. Quand il a inauguré son bistrot gastro, nous avons été les premiers clients. Et nous revenions de temps en temps. Il a depuis mis sur pied d'autres établissements, mais je sais qu'il aime toujours passer un service par semaine dans son premier resto, son bébé. Et cela me faisait du bien de me sentir un peu « comme à la maison » pour affronter cette soirée dont je n'étais pas certaine qu'elle soit de bon augure pour la suite.

Je la vois de loin : grande, fine, élégante dans sa robe rouge portefeuille, talons aiguilles. Une vraie femme d'affaires, une gravure de mode, une star de cinéma. Je ne peux m'empêcher de sourire en pensant que chacune avec nos armes, nous essayons de marquer notre territoire et d'« intimider » l'ennemi : moi par le choix d'un endroit connu, elle par une apparence éblouissante. Et cela fonctionne, plus elle s'approche de moi, plus je vois les hommes tourner la tête avec intérêt. S'ils étaient des paons, ils feraient tous la roue pour la séduire. Je souris et c'est ainsi que je l'accueille. Détendue, un verre à la main, convaincue que je vais passer une excellente soirée.

—Bonsoir Chloé, désolée du retard.

—Bonsoir Renée, non pas de souci, j'étais un peu en avance.

Je lève le bras, et JP apporte presque immédiatement une deuxième tournée de cocktails. Oui, cela va être une bonne soirée… Elle me sourit, nous sommes sur la même longueur d'onde. La partie va se jouer à découvert, chacune avec ses impératifs, chacune avec son passif. Mais à égalité. Nous ne sommes pas, plus, adversaires, nous sommes deux femmes dont les destins sont liés. Il nous reste un choix à faire, décider si nos chemins de vie vont suivre la même direction. J'apprends à Renée pour ton père, elle semble tour à tour sincèrement choquée et triste, puis soulagée. Le soleil brille, la bonne humeur ambiante d'un Paris en fleurs nous donne le sourire, les tables se remplissent, les saluts joyeux traversent les rues, les verres tintent et malgré des sujets difficiles, nous sommes toutes les deux détendues. Comme deux vieilles amies qui font le point sur leur vie après une longue absence. Elle me dit qu'elle regarde de temps en temps l'émission en replay, pour que Charlotte ne me voie pas et ne fasse pas le lien, que Charlotte d'ailleurs file un mauvais coton. Elles vont emménager à Paris. L'étau se resserre. Elle insiste sur le fait qu'elle ne fait pas ce choix pour me mettre la pression, que c'est avant tout une opportunité professionnelle, mais que Charlotte est en colère, se rebelle, et elle, sa mère cherche à lui offrir un nouvel horizon. Qui suis-je pour juger ? Je l'admire. Je n'ai pas beaucoup parlé, je l'ai écoutée. Sa solitude, son combat, et son absence d'égoïsme. Pas un instant elle ne me juge ni ne m'en veut. Pas une seconde je ne sens qu'elle me demande de leur reconnaître le droit d'avoir une famille. Renée se lève tous les matins depuis presque dix ans pour construire une vie à son unique enfant. Elle se bat chaque jour pour lui ouvrir une voie sur laquelle le bonheur existe. JP nous a servi un peu trop de vin, et quand le dessert que nous n'avons pas commandé arrive, il dépose aussi des verres à liqueur.

—Renée, je ne vous connais pas, mais les amies de Chloé seront toujours mes amies aussi. Et plus si affinités, ajoute-t-il avec un clin d'œil appuyé.

—JP !

Je fais semblant de m'offenser, riant sous cape de l'audace de mon ancien copain de brigade.

—Oh ça va… je blague pour le petit plus, sauf si vous insistez pour me demander ma carte, là, je ne pourrai pas résister, je suis bien trop faible et trop célibataire pour décliner une pareille offre, mais bon, voilà, bienvenue Renée.

Mon invitée, amusée, lève son verre vers notre vieil ami :

—Merci JP, je suis très touchée, je vais y réfléchir.

—Et sinon, comment vous vous êtes rencontrées toutes les deux ? Je connais Chloé depuis la nuit des temps et je n'oublie jamais une femme aussi charismatique alors…

Est-ce l'alcool ? J'éclate de rire. Que pouvons-nous répondre ? La vérité ? Le pauvre homme serait mortifié d'avoir osé poser pareille question. Le fou rire me prend et je devine que Renée a du mal à se retenir. JP nous dévisage comme si nous étions deux folles.

—Euh, j'ai dit une bêtise ?

—Crois-moi JP, tu préfères ne pas savoir comment on se connaît.

—Oui, Chloé a raison, certaines rencontres doivent garder leur mystère.

Il est presque une heure quand nous quittons le restaurant. Je rentre à la maison avec une gueule de bois en prévision pour demain, mais aussi la certitude que l'été s'annonce bien.

Ma tête tourne sur l'oreiller, j'ai pris une vraie cuite. Pff…

# 38
# Renée

La soirée a été délicieuse. Légère. Je crois que Chloé a pris sa décision. Cela n'est plus qu'une question de temps, maintenant. Je peux donc espérer que ma fille rencontre bientôt ses frères. Je suis guillerette. Je me laisse séduire par JP. En payant l'addition, j'ai glissé ma carte. Il n'a pas mis longtemps à m'envoyer un SMS.

Je suis le crapaud qui retrouve sa princesse.

Un peu pompeux et exagéré, mais l'alcool aidant, j'accepte sa séduction. J'ai besoin de tendresse, j'ai besoin que mon corps vibre sous les caresses d'un amant. Je vais bientôt chambouler la vie de Charlotte, nous allons perdre nos repères pour reconstruire une nouvelle existence, dans une ville inconnue. J'ai l'impression de m'octroyer un fruit défendu, un carré de chocolat que je laisse fondre sur la langue. Je n'ai pas eu beaucoup d'aventures depuis la naissance de Charlotte. Je ne ressentais plus le besoin physique, l'appel de l'orgasme. Mais ce soir, une nouvelle page s'ouvre. Je veux me faire plaisir.

La nuit est tendre.

# 39

# Charlotte

*Chachaton,*

*C'est la folie ici ! C'est comme si on avait accéléré dans une voiture de course et qu'on avait la tête collée contre le siège tellement tout va très vite. Papi va mieux : il sort de l'hôpital et Mamie devient ch... enfin, tu vois quoi. Comme dit Mimi, « elle tourne un peu timbrée », du coup on est rentrés chez nous. Ça valait mieux, on n'avait plus le droit de rien faire et Papi doit absolument se reposer. Il est un peu « chonchon » (ça, c'est encore du Mireille) et il a l'air pressé de revenir chez lui. Il doit faire ses mots croisés en retard, et dit que « tous les médecins sont des ânes, je serais mieux dans mon vieux fauteuil ». Alors voilà, on est retournés dans notre école, avec nos copains et notre maîtresse qui s'occupent encore de nous comme si Papa était mort hier. On a surtout retrouvé Sara qui nous chouchoute grave. Bon, mais le plus important, c'est qu'on va se voir ! On a réussi à ne pas aller chez les grands-parents le week-end où tu viens visiter des maisons. Faut maintenant qu'on trouve comment faire. Si t'arrives à savoir dans quel quartier de Paris vous allez, nous, on pourra regar-*

*der le trajet en métro. On l'a jamais pris, mais Mireille arrête pas de dire que « les transports en commun c'est très bien et très facile, enfin quand y'a pas des grèves ». On a cherché sur Internet, ils en prévoient pas. On veut le dire à Mimi pour qu'elle nous aide. T'en penses quoi ? Bises.*

BasThé,
Je suis trop contente de savoir que Papi va mieux. J'espère vite rencontrer toute la famille. Ça fait drôle, parce que Maman et moi, on n'a toujours été que toutes les deux… Même quand Claude, Papa, est arrivé, on n'était quand même que toutes les deux. C'est comme si on se faisait adopter. Enfin moi… Comment ça va se passer ? Et pour Maman ? Elle va peut-être avoir l'impression que je l'abandonne, que je l'aime plus… Sauf si votre mère à vous décide de pardonner. Faut que ça marche, tout ça ! On doit pas leur faire de mal en plus. On va visiter un appartement à Boulogne et après on va être dans le seizième arrondissement, pas très loin. Vous connaissez ? Mais Maman a pris des tickets pour aller voir la tour Eiffel. Elle veut me faire plaisir et elle a déjà tout organisé. Vous croyez que vous pourriez nous y rejoindre ? Bisous, Chacha

*OK, alors, on a tout dit à Mireille. Oh là là, elle était vraiment pas contente. On est rentrés de l'école et comme tous les jours on a mangé le goûter chez elle. Elle a craché son thé. « Je savais qu'il y avait quelque chose ! Mais c'est pas possible d'être aussi gourde ! Mais elle veut se pourrir la vie encore longtemps ? » Elle parlait de Mamounette, et elle rouspétait encore et encore. On lui a dit que, nous, on n'était plus vraiment fâchés. Parce que, c'est la faute de personne, parce que, Maman, elle a dû drôlement être triste de perdre Papa et de voir qu'il ne lui avait rien dit pour toi. On a dû beaucoup répéter que c'était un secret, qu'elle devait rien dire, et elle a promis.*

Je suis dans le train, en première, c'est trop classe, Maman lit un roman policier et me jette de temps en temps des regards complices. Je n'ai pas dormi de la nuit, ou presque. Aujourd'hui, on va trouver notre nouvelle maison et demain, je vais voir mes frères ! On a préparé une sélection des appartements qui nous plaisaient vraiment. Mais ce que Maman ne sait pas, c'est que moi, j'ai déjà choisi LE bon : pas très loin de là où habitent Bas et Thé, et une chambre en plus pour quand ils viendront dormir à la maison. C'est bientôt notre anniversaire à tous les trois, et mon plus beau cadeau ce serait qu'on le fête tous les trois ensemble, comme une vraie famille.

# 40
# Chloé

Encore des au revoir, encore un train : la séparation avec tes parents et Maxence a eu comme un goût salé de larmes qui coulent encore, mais elles ressemblaient plus à des perles de remerciements, de partage, d'amour, d'avancée et d'espoir. Nous sommes revenus tous les quatre dans nos pénates de la banlieue parisienne. Les jumeaux ont couru se faire dorloter chez Sara qui, elle, est venue ensuite me raconter autour d'une bouteille de vin blanc les avancées de son couple. Elle est resplendissante, comme si cette crise lui avait ouvert les yeux sur ce qu'elle ne voulait plus. Elle a trouvé un projet professionnel qui lui ressemble, elle va reprendre ses études pour être coach de vie. Et pour le reste, elle n'est pas prête à pardonner, mais elle ne s'imagine pas divorcer. Thomas a proposé de voir un thérapeute, mais Sara ne se sent pas coupable. Ils connaissent l'un et l'autre les défaillances de leur couple. Elle avait pris une distance émotionnelle qu'il l'a obligée à affronter en la trompant. Ils s'accordent cet été un voyage en amoureux, pour se reséduire, réapprendre à s'aimer autant intellectuellement que physiquement. J'ai hésité à lui parler du secret de Claude, de l'existence de Charlotte. Après tout, Sara est ma meilleure amie. Mais je ne suis pas prête à dévoiler ce poids, pas encore. Maxence en a fait les frais, elle est fragile et je m'en tiens pour responsable, je ne veux pas que mon amie paye aussi pour mes mensonges.

Mireille a gagné définitivement son galon de mamie de cœur dans la famille. Je la regarde avec les enfants, ils forment un trio d'enfer, d'amour et de tendresse, ils ont une complicité unique, je me sens exclue de leurs chuchotements, de leurs clins d'œil. Mimi est notre fée marraine, elle incarne la bienveillance et l'humour, la stabilité et le grain de folie, elle est l'indulgence et l'autorité, notre ange gardien, mon ancre et leur nouveau pilier. Même si, pour une raison qui m'échappe, elle me toise un peu depuis quelques jours, comme si j'avais fait quelque chose de mal… Et quand elle pose sur moi ce regard inquisiteur, je redeviens une enfant prise sur le fait… Mais quel fait ?

Les grandes vacances sont déjà là. Je dois finaliser la sortie du livre d'entretiens et de recettes prévu pour la rentrée, et j'ai plusieurs réunions de travail, mais je vais globalement pouvoir profiter des garçons cet été. Et la première chose à faire est d'organiser leur dixième anniversaire. Le premier sans toi. Encore une première fois. Quand cette liste va-t-elle donc s'arrêter ? Quand va-t-on cesser d'associer chaque moment exceptionnel, chaque joie unique, chaque geste du quotidien à une première fois sans toi ? Quand ? J'ai le cœur lourd, mais je tiens à marquer le coup. Je veux qu'ils se souviennent de cette entrée dans une nouvelle décennie, celle de l'adolescence, des expériences, de la rébellion, des premières amours, comme d'une fête, je refuse qu'elle soit le rappel d'une perte et de la douleur. Je ne veux pas t'effacer, mais que ton absence devienne une force dont ils pourront se servir plus tard. Ils sont orphelins de toi comme je l'étais de Maman. Je n'ai pas eu la joie et le soutien, j'ai eu l'abandon en plus, mais cela m'a poussée à être sûre de qui j'étais et à ne devoir compter que sur moi et mes espoirs. Je veux pouvoir leur apporter les deux : l'amour et l'avenir.

Mais ce que m'ont appris ces mois passés sans toi, c'est que nous avions une famille. Une merveilleuse famille. Solide, aimante, qui ne nous lâchera jamais. C'est ton cadeau par-delà l'absence. Tu nous as laissé ce lien unique. Alors je me lance dans l'organisation un peu folle d'une fête pour leurs dix ans, d'un week-end de rêve chez tes parents. Réunir les gens qu'ils aiment autour d'eux, voilà l'essentiel, voilà les piliers qui les aideront à grandir, à s'épanouir. Sara, évidemment, est à fond. Dès qu'il s'agit de faire des surprises, tu peux compter sur son imagination et ses idées loufoques. Mais la réaction de Mireille me perturbe :

—Toute la famille ?

—Oui Mireille, et évidemment, maintenant vous en faites partie !

La vieille dame se plante, les bras croisés, devant moi et, d'un air inquisiteur, insiste :

—Toute la famille ?

Son ton suspicieux m'agace.

—Oui !

—OK, si vous le dites…

Et puis elle m'annonce avec un soupçon de défi dans la voix que dimanche, elle emmène les enfants à la tour Eiffel.

—C'est une super idée ! Ils doivent être très contents, nous n'y sommes jamais allés.

—Oui, oui, ils sont très contents. Ça, pour être contents… bougonne-t-elle.

—J'aimerais bien vous accompagner.

Ma proposition ne semble absolument pas la ravir.

—Ah ? Mais je pensais me faire une journée seule avec eux…

—Ah… OK.

—Ce n'est pas pour vous vexer, ma petite.

Je suis dépitée, mais je tente de cacher ma déception.

—Non, non, je comprends. Avec tout ce que vous faites pour nous, je ne peux pas vous refuser ce moment privilégié avec eux.

Pourquoi je me sens mal ? J'ai l'impression qu'elle essaye de me dire quelque chose. Je m'apprête à quitter la pièce.

—Chloé ?

—Oui ?

—Vous pourriez en profiter pour… ranger leur chambre ?

Lorsqu'ils partent le dimanche matin, Basile et Théo sont tout simplement surexcités. Je ne les avais jamais vus dans cet état même quand nous étions allés chez Mickey. Ils m'embrassent tous les deux, d'un gros bisou très sonore. Il y a plein de joie chez eux et quand la porte se ferme, je tombe sur le canapé. Harassée, vide. Il se passe un truc. Qui m'échappe, que je ne vois pas. Les allusions de Mireille et l'entrain des enfants, cet infime sixième sens qui me souffle depuis des semaines que les jumeaux sont étranges… « Vous pourriez en profiter… pour ranger leur chambre ? » Soit Mireille trouve que je suis la pire des mères et que la maison est en bordel, soit elle m'a lancée sur une piste, l'air de rien, et surtout l'air de me reprocher de ne pas avoir déjà compris.

La chambre de Basile et Théo est à leur image, pleine de vie, des photos collées partout, des posters de foot, des anniversaires avec les copains, et… toi. Parsemé sur les murs, la porte, les têtes de lit, les bureaux. Tu es là. Avec eux, le matin au réveil, le soir pendant les devoirs, la nuit, tu veilles encore sur leur sommeil. Évidemment je pose à côté de toi, ils aiment les clichés de nous tous réunis. En vacances, au ski, malades sur le canapé, embusqués derrière un buisson, au parc lors d'une bataille de Nerf. Dans leur chambre, nous sommes encore quatre. Tu ne manques pas puisque tu es toujours là. Je n'entre pas si souvent dans cet espace qui est le leur. Leur domaine, leur royaume. Moi qui ai vécu si longtemps en pension et donc en dortoir, je respecte coûte que coûte leur intimité. Hors de question d'être une mère intrusive. Il n'y a, d'ailleurs, pas tant de désordre que ça pour une chambre d'enfants. Leurs bureaux sont nickels, seuls les lits sont défaits. Je retape un oreiller, quelque chose sous la couette attire mon attention. La tablette. Oh ! Les coquins, ils ont dû profiter de tous les événements récents pour y jouer un peu plus que d'habitude. En période normale, cela me mettrait en colère. La règle est simple concernant les écrans : un temps limité, et pas dans les chambres. Mais les imprévus des derniers mois ont bousculé les habitudes, la routine, les émotions, notre quotidien. J'ai baissé la garde, ils ont pris leur envol, et je ne peux rien leur reprocher puisque je les ai poussés hors du nid, plus vite que prévu, plus violemment que je ne le désirais. Mais la vie est ainsi faite, et je ne dois pas culpabiliser d'être une mère moins attentive à certains détails, mais tout aussi aimante.

Quand je pose la tablette sur la table du salon, l'écran s'allume. Un texte, « Vous avez deux nouveaux messages », apparaît. Je déverrouille l'écran qui s'ouvre directement sur une boîte mail. Je ne me souviens pas avoir installé mes mails dessus, sachant qu'elle sert uniquement aux enfants. J'ai comme une boule qui se forme dans la gorge, une angoisse qui m'attaque frontalement, j'ai du mal à respirer. « BasThé a reçu deux messages de Chachaton. » Cela n'est pas possible… Mes mains tremblent, mais j'ouvre les mails.

Je suis à Paris ! Je suis arrivée, c'est trop beau ! Je n'arrive pas à y croire ! On va se voir !

J'ai visité l'appartement où on va vivre à la rentrée. Si j'ai bien regardé, les trajets pour se retrouver seront très faciles. C'est bon, Maman ne se doute de rien pour demain. J'ai un peu peur de sa réaction quand elle vous verra, mais bon… On n'a plus le choix ! Vivement demain !

La boîte de réception explose sous le nombre de messages reçus et envoyés. Je remonte au premier. Une lettre. Elle leur a envoyé une lettre ? Quand ? Comment ? Est-ce que je dois fouiller la chambre ? Est-ce que je dois leur courir après ? Ils savent. Tout s'explique. Les regards en coin, la provocation, certaines allusions. J'ai honte, j'ai mal. Honte parce que trois enfants de dix ans ont réussi, au-delà de la mort, du mensonge, à se retrouver et à s'aimer avant même de se connaître. J'ai mal parce que j'aurais dû me trouver à l'initiative de tout cela, parce que tu m'as trahie, parce que je n'ai pas laissé d'autre possibilité à mes garçons, à mes amours, que de me mentir. J'ai fait exactement comme toi. J'ai caché la vérité, car elle était douloureuse, qu'elle gâchait l'image de perfection que nous avions construite.

Comme un automate, je prends un blouson, mes clés. Je sors de l'appartement, transie de peur, d'amour pour ces deux êtres que j'ai mis au monde et que j'ai moi aussi trahis.

## 41

# Charlotte

C'est le grand jour ! On est arrivées à Paris, on a visité les appartements, et j'ai choisi celui que je voulais. Comme promis, Maman a réservé une entrée pour nous à la tour Eiffel. Je suis évidemment « excitée comme une puce », son expression favorite. Le temps ne passe pas assez vite. J'aimerais déjà être au pied de la dame de fer, et déjà apercevoir Basile et Théo. Je connais leurs visages grâce à toutes les photos que nous nous sommes envoyées, mais j'ai tellement hâte de les rencontrer en vrai. Maman hésite entre amusement de me voir tourner en rond, lui demander l'heure toutes les dix minutes, et agacement. Pour seulement deux jours, j'ai préparé une énorme valise, car je ne savais pas quelle tenue choisir pour ce moment unique avec mes frères… mes frères ! Bêtement, je m'étais dit que cela serait plus facile une fois ici, mais non, pas du tout c'est même pire ! Je regarde tous les vêtements que j'ai apportés et j'ai envie de pleurer parce que je dois être la plus jolie, la plus élégante aujourd'hui. Basile et Théo doivent être fiers de m'avoir comme sœur ! Je tape des pieds. Et Maman, qui est prête depuis un bon moment, rit :

—Ma chérie on va juste visiter la tour Eiffel, on ne va pas rencontrer la reine d'Angleterre ! Et vu la chaleur, je te conseille de t'habiller assez léger, tu sais, Paris, avec la pollution…

Je crie en lui coupant la parole.

—Nan, mais je ne peux pas m'habiller n'importe comment quand même !

—Oui, enfin…

—Tu comprends rien !

La pauvre, je ne suis pas gentille. C'est vrai qu'elle a organisé tout ça pour moi et moi, qu'est-ce que je fais ? Un coup tordu. J'ai honte de moi, et là tout de suite, je voudrais lui révéler la vérité, mais je ne peux pas. Si je lui avouais qu'on va se retrouver nez à nez avec les fils de mon papa, que depuis des mois je lui mens, elle serait tellement triste, tellement déçue, tellement en colère, elle pourrait tout annuler et même prévenir Chloé ! Pour me faire pardonner, je me jette dans ses bras, et la câline :

—Tu es la meilleure des mamans, tu sais !

—Si tu le dis, ma chérie, dit-elle sur un ton empreint de doute.

On doit d'abord déjeuner à côté du Trocadéro, puis descendre à pied. Il y a un monde dingue ! Je suis éblouie par tous les jeunes qui font du roller et du skate. Ils sont très doués et autour d'eux, des petits groupes crient et applaudissent. Maman me serre fort la main, elle a très peur de me perdre au milieu de la foule même si, après une tonne de recommandations, elle m'a fait répéter son numéro de téléphone cent fois, et redit encore un millier de plus que je ne devais surtout pas parler à des étrangers. On habite Lyon tout de même, je sais que la ville, c'est dangereux, mais si je l'écoutais, je me croirais vraiment dans une jungle ! On s'approche des bassins du Trocadéro, ils sont pleins d'enfants qui ont trop chaud, de touristes qui prennent des tas de photos, je trempe ma main, l'eau est bonne, j'imagine m'y jeter avec mes frères. J'ai de nouveau la boule au ventre et la gorge qui se serre d'excitation. On y est presque, et je ne sais pas si je marche plus vite ou si je ralentis le pas. Maman m'explique un peu la ville, on traverse la Seine et ses bateaux-mouches. Je lève les yeux vers la tour Eiffel. Elle est immense, elle est imposante, elle me fait peur et en même temps je suis fascinée. Nous y voilà. Mais avec les nouvelles mesures de sécurité, je prends conscience qu'on peut ne pas se repérer. Basile et Théo m'ont juré qu'ils feraient tout pour qu'on réussisse. Si on ne se voit pas en bas, on se retrouve tout en haut. Je regarde partout, il y a du monde. Beaucoup de touristes étrangers, asiatiques, indiens, allemands, des minuscules étalages de souvenirs à même le sol, des têtes, beaucoup de visages, des grands, des petits, des Blancs, des Noirs, des voilés, des vieux, des enfants, mais pas ceux que je cherche… Et puis je les aperçois… Je ne sais pas pourquoi, mais c'est Mireille que je reconnais alors que je ne l'ai jamais vue, pas même en photo. Elle ressemble exactement à ce que m'ont décrit les jumeaux. Pas très grande, un chignon argenté très élégant, un jean un peu trop large, un air joyeux, mais inquiet. Et ils sont là, devant moi, Basile et Théo. Deux blonds, deux paires d'yeux bleus, deux sourires.

—Chachafouin…

—Théorème !

—Basilic !

Je ne rêve pas, mes frères sont bien là, devant moi. Mon cœur vient d'exploser de bonheur. Je souris, et les voilà qui d'un même mouvement me prennent dans les bras. J'ai très envie de pleurer, de rire, les deux à la fois. Ils se ressemblent, ils me ressemblent. Et dans leurs yeux, je vois la même chose que ce que je ressens, de l'amour et de la fierté. Mais j'entends Maman derrière moi :

—Charlotte ?

J'aurais aimé garder les garçons serrés contre moi encore une éternité, mais je dois expliquer à ma mère.

—Maman… Maman, faut que tu me promettes de ne pas te fâcher.

## 42

# Renée

Je reconnais Basile et Théo, Claude me les a si souvent montrés en photo, et puis à l'enterrement, ils étaient au centre de l'attention, leur chagrin, leur souffrance était perceptible, j'aurais pu alors la toucher du bout des doigts. Claude adorait ses garçons si fort, il se désespérait de leur mentir. Et là, ils sont devant moi, ils enveloppent ma fille – MA fille – de leurs bras, ils se parlent, ils rient, comme si ce n'était pas leur première rencontre, comme s'ils savaient déjà tout les uns des autres.

Mon corps se vide sous le coup d'une émotion bien trop forte. J'ai l'impression d'avoir été transportée dans une autre dimension, dans un film de science-fiction, dans un avenir que j'aurais oublié. La seconde qui passe dure une éternité. Mon cerveau tente d'enregistrer l'information, de faire des liens, de récupérer des données qu'il aurait égarées. Je dois me reconnecter avec la réalité, je dois revenir sur terre. Charlotte me regarde de ses grands yeux qui disent toute la peine qu'elle a eue, et de tout l'espoir et le bonheur qui l'animent d'être là, au pied de la tour Eiffel avec les enfants de son père, les enfants de Chloé, ses frères.

Je distingue une autre personne, âgée. Qui me fixe dans l'attente d'un mot. Mais je n'ai plus d'énergie, je suis épuisée. Cette dame qui semble tout savoir – comment peut-elle savoir sur ma fille ce que moi j'ignore alors que je ne la connais pas ? – fait un pas vers moi, mais par réflexe, ou par peur, je recule. Ils se taisent tous, Basile et Théo, leurs regards, leurs espoirs. Je vois une sorte d'impatience dans leur posture : je comprends qu'ils attendent ce moment depuis longtemps, que je suis le dindon de la farce, que ma fille m'a dupée pour obtenir ce qu'elle souhaite depuis si longtemps : une famille. Mon cœur se fend. D'amour, mais aussi de peine.

Comment ?

# 43
# Charlotte

Maman est toute blanche, elle me regarde avec des milliards de questions dans les yeux. Mais surtout, je la sens qui perd le contrôle. Et je peux dire que Maman, elle est toujours maîtresse de tout, elle ne se fait jamais avoir par les émotions, c'est comme ça qu'elle est devenue si bonne dans son travail. Mais aujourd'hui, elle est face à une situation qu'elle n'a pas vu venir. Sa petite fille chérie lui a menti, et pas qu'un peu. Mireille qui, jusque-là, était restée en retrait a des larmes plein les yeux, et s'avance vers Maman.

—Madame… Renée ? Je crois qu'il est plus prudent pour vous de vous asseoir.

Basile et Théo nous entourent tandis qu'elle se laisse faire comme une poupée de chiffon. Quand elle est assise, qu'elle n'a toujours pas réussi à parler, je lui prends la main :

—Maman, je te présente mes frères. Basile et Théo. Et là, c'est Mireille.

Elle me fixe, elle me fait presque peur tant son regard semble perdu. Mais elle trouve la force de répondre.

—Je sais qui ils sont, je les ai reconnus. Mais… Mais comment ?

Alors je déballe tout, depuis le début. La lettre, les mails, et pendant que, la tête basse et honteuse, j'avoue mon mensonge à l'être qui m'est le plus précieux au monde, Basile et Théo viennent chacun d'un côté me prendre la main et me soutenir. Ils m'aident, ils complètent mes phrases, comme si on n'avait jamais été séparés, comme si on était de vrais triplés.

—Et vous ?

Maman ne me regarde plus, elle tourne ses yeux vers Mireille. Est-ce qu'elle est en colère, triste, soulagée ? Impossible de savoir, elle a remis son masque de femme d'affaires, celui qu'elle pose tous les matins sur son beau visage avant d'aller travailler. Un jour, elle m'a expliqué qu'elle était obligée de prendre cette apparence pour qu'on la respecte, pour qu'on ne discute pas ses ordres, qu'on ne la considère pas comme une belle femme, mais comme une dirigeante. Mais la vieille dame ne se laisse pas du tout impressionner :

—Moi ? Je suis Mireille. Je suis une mamie de substitution, une personne qui a adopté Chloé et les garçons comme une portée de chatons abandonnés. J'essaye d'en prendre soin. Je ne connaissais rien de vous, de Charlotte, et je ne connaissais pas Claude. Moi, je suis celle en qui ils ont eu assez confiance tous les trois pour me demander de les aider. Et je peux vous dire que si je n'avais pas accepté, ils auraient trouvé un autre moyen. Regardez-les : ils sont déjà frères et sœur, ils s'aiment déjà tellement qu'ils ont contourné les règles pour avoir le droit de se rencontrer.

—Mais pourquoi n'avoir rien dit à Chloé ?

Mireille semble réfléchir, mais une autre voix répond à sa place.

—Parce que je ne voulais rien voir.

Basile et Théo ont sursauté et se sont retournés en même temps. Je n'arrive pas à bouger, tétanisée. Maman se lève précipitamment :

—Chloé !

Les garçons avancent vers leur maman, mais ils n'osent pas se jeter dans ses bras. Quand je me retourne, ses yeux sont posés sur moi. Je vais dans sa direction. Enfin. Elle non plus n'en mène pas large. Elle tremble.

—Maman !

C'est Basile qui le premier se blottit contre elle, puis Théo. Ils la serrent tellement fort que je peux voir leurs bras devenir blancs. Puis ils reviennent vers moi, me prennent chacun la main et m'emmènent vers elle.

—On veut te présenter quelqu'un.

# 44

# Chloé

Charlotte. Ta fille, leur sœur. Leurs regards sont emplis d'amour et de détermination. Théo lève le menton en signe de défi. Basile me sourit, inquiet. Charlotte baisse les yeux.

Je suis partie de la maison, je voulais juste prendre l'air. J'ai marché sans me rendre compte que j'entrais dans le RER. J'ai fonctionné comme un automate. Arrivée au pied de la tour Eiffel, je n'ai pas mis longtemps à repérer Renée. Sa silhouette impeccable même un dimanche, son port de tête de danseuse étoile. À côté, Charlotte.

Elle est belle. Elle est magnifique. Elle te ressemble tellement. Une petite fille qui fouille partout, qui parcourt des yeux la foule. Juste une seconde, nos regards se croisent, mais elle ne me voit pas. Ce n'est pas moi qu'elle cherche. Je les aperçois avant elle. Théo pince son jumeau, il a ce mouvement de tête vers Charlotte, même de loin, je sens sa mâchoire crispée, sa gorge nouée. Basile l'entoure rapidement d'un de ses bras, sa joie est éclatante et si innocente. Cela me broie de l'intérieur. Je suis transparente, invisible aux yeux de tous tandis que nos enfants vivent le moment le plus important de leur vie. Deux frères et une sœur qui se trouvent. Et ils s'aiment déjà. Ça crève l'espace autour d'eux, ça transperce chaque cellule de ma peau, cet amour me fait mal autant qu'il me soulage. Je vois Renée perdre contenance, je vois les trois enfants s'occuper d'elle et lui parler tous en même temps. Et je vois Mireille. Qui me regarde. Elle me sourit. Comme une mère pardonne à sa fille rebelle d'avoir fait une grosse bêtise. Son sourire m'explique sans mot que tout est fini, que le mal est oublié, qu'il ne nous reste que le bon à prendre et à rendre meilleur.

Mon corps se remet en route, je dois avancer. Je dois entrer sur scène, jouer le rôle qui est le mien depuis dix ans. Je dois être une mère, même imparfaite, une veuve qui pardonne, une amie pour une femme qui va devenir l'autre parent dans la vie de mes enfants. Ils forment un mur, fraternité oblige, face à moi qui suis encore l'ennemie, la menteuse. Charlotte a posé sur moi ses magnifiques yeux noirs. Comment ne pas succomber à la beauté de cette enfant, à son charme innocent et à tout l'amour qu'elle dégage ?

—Charlotte, je suppose ?

—Oui… Bonjour Madame… tente-t-elle, mais je la coupe.

—Appelle-moi Chloé.

J'avais imaginé des cris, de la colère, de la rancœur. J'avais cru qu'ils me détesteraient, qu'ils te maudiraient. J'avais pensé noir, sombre, rage et haine. Je vois le pardon, la bienveillance, le partage, l'amour, la résilience.

Le reste se fait naturellement. Personne ne montera à la tour Eiffel aujourd'hui, mais nous marchons sur le Champ-de-Mars, nous mangeons une glace. Les trois enfants courent, rient, se chuchotent des tas de secrets, nous lancent de temps en temps un regard. Mireille s'est éclipsée. Nous avons tant de choses à nous dire, Renée et moi. Mais il y a d'abord un long, très long silence. Chacune de nous prend conscience de ce qui s'annonce, de nos vies bousculées encore une fois.

Mais dans lesquelles il y a maintenant de l'amour, de l'avenir, du soleil, de l'innocence, deux frères et une sœur.

# Épilogue

Il y a un an jour pour jour, tu es parti. Le soleil n'est pas au rendez-vous comme pour ton enterrement, mais il brille de nouveau dans la maison, dans nos cœurs. Quand tu es décédé, notre famille a volé en éclats. Je ne pensais pas, alors, pouvoir me reconstruire, revivre simplement. Aujourd'hui sur ta tombe, nous posons, chacun notre tour, un lys blanc. Basile, Théo, Charlotte, Renée et moi. Aujourd'hui, un an après, nous reformons une vraie tribu. Aujourd'hui, l'amour a repris ses droits dans nos vies. Un amour sincère, sans mensonge, un amour filial qui n'a pas besoin des liens du sang. Au fil de l'été, nous avons appris à nous connaître toutes et tous. Nous nous sommes apprivoisés, nous nous sommes racontés. Nous avons ouvert les albums. De souvenirs d'abord puis des nouveaux pour ceux que nous construisons ensemble.

Charlotte et Renée ne se sont pas installées très loin de chez nous. Mireille reste notre ange gardien, elle s'occupe des enfants, de nous tous. C'est un très joyeux bordel, j'ai arrêté d'exiger la perfection, elle est là, devant moi, multipliée par trois. Dans quelques semaines, nous fêterons Noël avec tes parents, ta sœur, toute la famille. Pour Renée et Charlotte qui n'ont jamais eu qu'elles-mêmes pour célébrer les grands événements, c'est un énorme changement. Après le choc, tes parents ont accueilli leur petite-fille avec moult effusions. Ta sœur aussi. Soulagée que tu descendes un peu de ton piédestal. Tu vois, au bout du bout, on y arrive. Malgré ton absence. On vit, on ambitionne même d'être heureux. Un SMS fait vibrer mon téléphone. Je souris. Demain, j'ai un premier rendez-vous. Avec Axel.

# Remerciements

Merci à Philippe, l'homme de ma vie, pour son soutien infaillible : sans lui et sans l'amour que nous nous portons, ce roman n'aurait pas existé.
Ils ont un peu de Basile et Théo en eux, ils sont aussi drôles et parfois impertinents que leurs homologues de papier, ils sont surtout mes deux amours : merci à Tom et Léo de supporter leur mère trop émotive et pour la fierté que je lis dans leurs yeux à chaque étape franchie dans cette nouvelle aventure. Tous les trois, vous êtes mon essentiel, je vous aime.
Un énorme merci à Juliette Sachs, romancière de talent. Pour son amitié, ses corrections toujours bienveillantes, ses conseils avisés, nos discussions sur WhatsApp et sa présence à mes côtés depuis le début.
Il a déboulé dans ma vie un dimanche matin et depuis l'a transformée. Merci à Michel Goujon, mon agent, qui m'a redonné le souffle nécessaire pour croire à mon écriture. Et à Josette, sa femme, sans qui tout cela ne serait pas arrivé.
Merci à mes chers beaux-fils qui ont aussi inspiré un peu de Basile et Théo. Je vous aime, les gars !

Merci à mes parents et mes beaux-parents pour leur fierté et leur soutien.
Merci à mes amis qui me supportent depuis si longtemps et continuent à m'encourager et croire en moi. En particulier à Pauline : il y a toujours quelque chose de magique à être portée par ton enthousiasme.
Merci à Frédéric Thibaud et l'équipe de City Éditions de croire assez en moi pour m'offrir cette belle opportunité.
Merci à tous ceux qui me lisent depuis le début : c'est grâce à vous que cette magnifique aventure prend un nouvel élan.

N'hésitez pas à me joindre sur Insta : @camille.gallard_auteur ou par mail : camille.cgauteur@gmail.com. J'ai hâte de vous rencontrer et de discuter avec vous !

Retrouvez-nous sur les réseaux sociaux :

**City éditions**

www.city-editions.com
@cityeditions
www.facebook.com/cityeditions/
@CityEditions
@cityeditions

Achevé d'imprimer en mars 2025
sur les presses de la Nouvelle Imprimerie Laballery
58500 Clamecy
Numéro d'impression : 502547

*Imprimé en France*

La Nouvelle Imprimerie Laballery est titulaire de la marque Imprim'Vert®